# 抗癌铁流

董碧莎　主编

中国协和医科大学出版社

**图书在版编目（CIP）数据**

抗癌铁流/董碧莎主编. —北京：中国协和医科大学出版社，2008. 3
ISBN 978-7-81136-005-9

Ⅰ. 抗…　Ⅱ. 董…　Ⅲ. 癌-预防（卫生）-普及读物　Ⅳ. R730. 1

中国版本图书馆 CIP 数据核字（2008）第 011168 号

**抗癌铁流**

---

**主　　编**：董碧莎
**责任编辑**：谢　冰

---

**出版发行**：中国协和医科大学出版社
（北京东单三条九号　邮编 100730　电话 65260378）
**网　　址**：www. pumcp. com
**经　　销**：新华书店总店北京发行所
**印　　刷**：北京丽源印刷厂

---

**开　　本**：700×1000 毫米　1/16 开
**印　　张**：13. 25
**字　　数**：130 千字
**版　　次**：2008 年 3 月第一版　2008 年 3 月第一次印刷
**印　　数**：1—3500
**定　　价**：32. 00 元

---

ISBN 978-7-81136-005-9/R·005

---

**（凡购本书，如有缺页、倒页、脱页及其他质量问题，由本社发行部调换）**

抗癌鐵流

高强

卫生部高强书记的题字

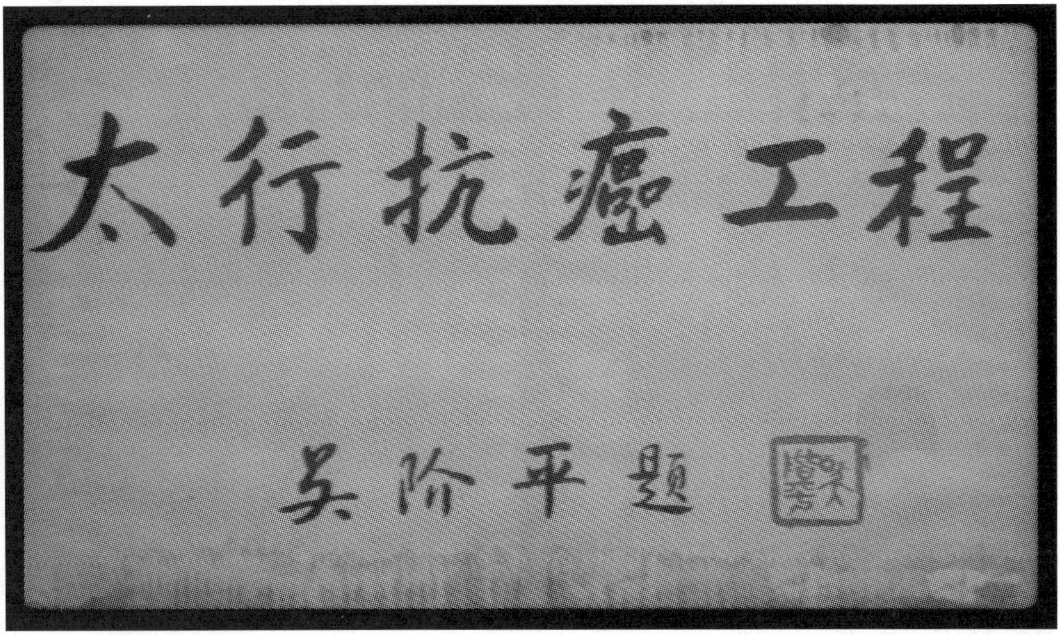


原全国人大副委员长吴阶平为医疗队的题词

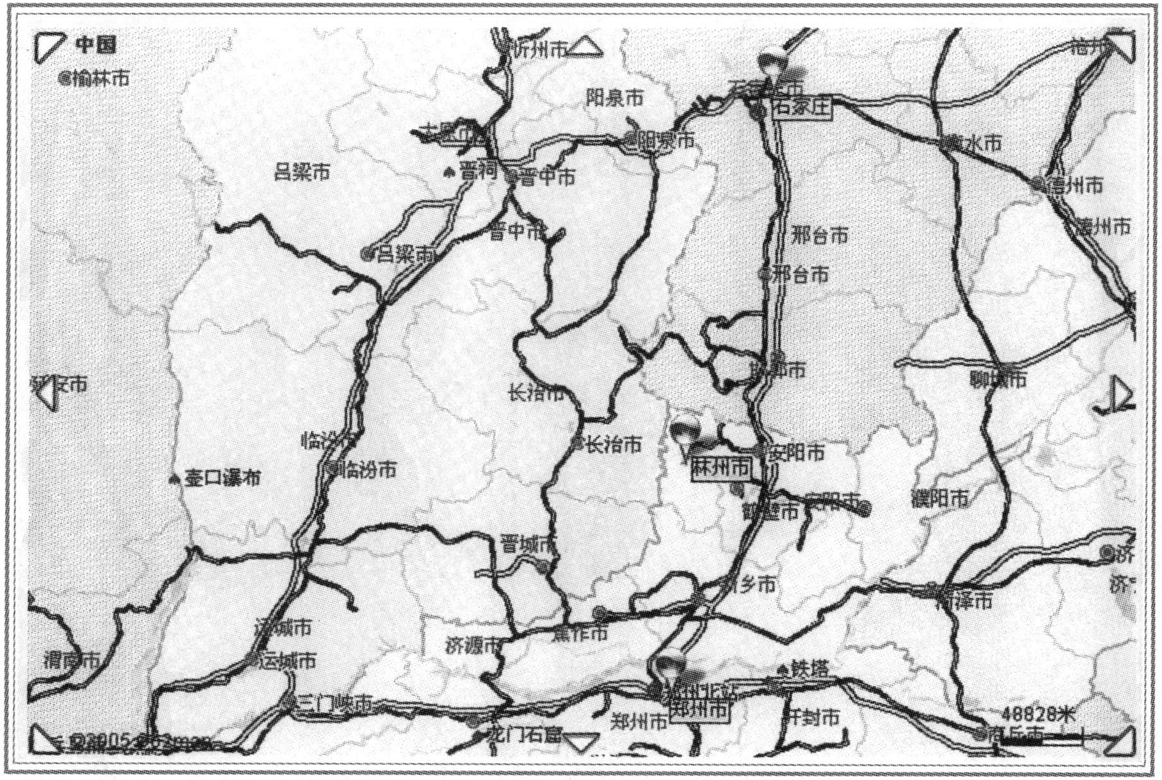
中国
榆林市
忻州市
阳泉市
石家庄
衡水市
吕梁市
晋祠
晋中市
阳泉市
德州市
邢台市
长治市
临汾市
壶口瀑布
林州市
安阳市
濮阳市
晋城市
新乡市
菏泽市
运城市
济源市
焦作市
渭南市
三门峡市
龙门石窟
郑州市
铁塔
开封市
48828米

河南省林州市地理位置

# 序 一

## 弥足珍贵的精神

这本书展示的是广大医疗卫生工作者中蕴藏深厚、弥足珍贵的献身精神，值得大家一读。

为了探索食管癌病因的奥秘，减少这一严重疾病对人民群众生命健康的威胁，从上世纪六十年代开始，中国医学科学院肿瘤医院一批又一批的医疗卫生工作者扛着行李，从繁华的大都市远赴贫困闭塞的河南林县，开展了长达四十余年的食管癌防治研究工作。他们之中，有在全国和国际上享有盛名的专家，也有刚刚走上医疗工作岗位的热血青年。他们与当地群众一起啃糠窝窝、喝苦井水，象普通乡村赤脚医生一样走村串户、送医送药。他们克服了许多令人难以想象的困难，白手起家，团结协作，创造性地开展了大量的流行病学研究和科学实验。经过几代人的不懈努力，使当年缺医少药、疾病丛生的林县，变成全国乃至世界闻名的食管癌防治基地。他们以自己实际行动，诠释了全心全意为人民健康服务的宗旨，写下了中国抗癌历史的新篇章。

肿瘤医院医疗队经过长期的努力，不仅在食管癌防治

研究方面取得突出的业绩，也创造了宝贵的精神财富。他们表现出来的那种不怕困难、艰苦奋斗的精神，勇于拼搏、自主创新的精神，团结协作、和谐共进的精神和敬业奉献、全心全意为人民群众健康服务的精神，值得全国医疗卫生工作者永远继承和发扬。

改革开放以来，我国卫生事业取得举世瞩目的成就，也面临着严峻的挑战，卫生改革与发展任重道远。面对广大群众健康需求的变化，面对卫生工作肩负的繁重任务、面对提高人民健康水平的光荣使命，医疗卫生队伍迫切需要发扬光大这种可贵的精神力量。《抗癌铁流》这本书的编辑出版，为我们提供了一个弥足珍贵的精神宝库，对于引导全国的医疗卫生工作者淡泊名利、刻苦钻研、甘于奉献、忠实服务，必将产生积极的影响。

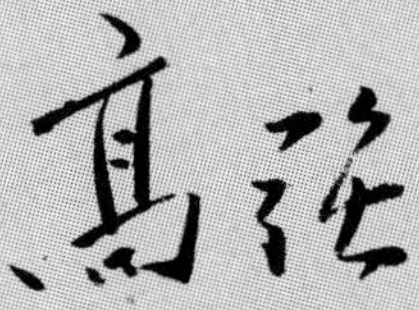

2005 年 10 月 31 日

# 序　二

我怀着喜悦和激动的心情看完了《抗癌铁流》一书，书中所谈的人和事，不论中国医学科学院肿瘤医院的医疗队人员，还是林县的人民群众，我都比较熟悉，感到格外亲切。

我是1954年到林县担任县委书记的，经过3年的调查研究和摸大自然的脾气，深感有3个大难题困扰着林县人民群众。一是水不通。林县十年九旱，缺少水源，连人畜饮水都有困难；二是路不通。山高坡陡，沟壑纵横，有点山货也运不出去；三是食管不通。食管癌发病率很高。

1957年11月，全国山区生产座谈会在北京召开，我在会上有个发言，讲了林县山区人民贫困情况，特别是“三不通”，没有想到居然惊动了中南海，引起周恩来总理的重视。周总理看到会议简报上我的发言，心情沉重，派国务院办公厅同志向我进一步了解林县缺水、交通不便和群众患食管癌等情况。周总理和人民群众心连心。1958年8月10日，肿瘤医院李冰院长受周总理委派，到林县实地深入调查，传达了周总理关于“摸清情况，研究出对策”的指示。1959年，肿瘤医院黄国俊教授和北京阜外医院吴英恺院长也先后来林县调查，提出一些预防意见。周总理在听取李冰、吴英恺两位院长汇报后，责成肿瘤医院派出

专家医疗队长驻林县，进行食管癌防治研究。从此，周总理就一直关心着林县人民的生活与健康，不断向李冰院长和医疗队同志询问了解防治食管癌的情况，指出："林县这个点要抓好"，"中西医要融会贯通，闯出一条中国新医学的道路"。周总理生前向我询问面谈林县食管癌问题也有四、五次，指示我要多和李冰同志研究这个问题，"一定要持久地抓下去"。

一提起周总理，林县人民男女老幼都很怀念；一提起中央和周总理派来的医疗队，林县人民就交口称赞，感情很深。

从1959年医疗队进驻林县，肿瘤医院以不同形式支援林县，从未间断，到现在已经40多年，这在全国和全世界尚属罕见。先后参加食管癌防治研究到林县的医疗队成员有300多人，包括现在的知名专家、教授、院士和众多医护人员。他们一个个都对林县人民群众，对罹患食管癌的病人充满感情，结下了深情厚谊。

在林县，与大城市坐在医院等病人上门看病不一样、医疗队大多是分散到各村送医送药，一个人承包十几个到二十个村庄。起初全靠一副脚板来来回回，后来才配备了自行车，披星戴月，爬山渡河，十分辛苦。他们为了挽回病人的生命，苦也心甘；他们给林县人民带来生的希望和勇气。

在林县的桑耳庄村，我认识的干部党员多数死于食管癌，并且一经发现就活不了多长时间。那时流传有："气臌痨伤膈，阎王请就的客，吃了谷子吃不了麦"。医疗队的成员，看在眼里，急在心里，决心做好食管癌的考察研究，走中国自己的克癌之路，使中国食管癌的防治走在世界前列。没有实验室，他们自己动手建。研制出来的新药，先在自己身上试验。他们的高尚情操，令林县人民群众无比钦佩。

在林县，缺医少药，医疗队去前没有一所肿瘤医院。为了给林县人民留下一支永不走的医疗队，他们培训赤脚医生和医务人员，队员们白天出诊，夜晚开班讲课。在医疗队实验室，在医疗队帮助筹建的姚村卫生院外科病房，医疗队的专家们手把手地传、帮、带，并且陆续送许多人员到北京中国医学科学院肿瘤医院免费进修。林县许多著名肿瘤专家，就是这样一步一步地培养出来的。与此同时，肿瘤医院还无私援助了林县许多先进医疗设备，为林县食管癌防治的发展和腾飞奠定了牢固的基础。

如今，林县的面貌变了，有了红旗渠，有了干净的水喝，在医疗队的长期扎根帮助下，不仅有了治疗肿瘤病的外科病房，而且有了规模可观的肿瘤医院；不仅食管癌发病率降低了50%，而且治愈率也大大提高，手术和放化疗后，5年、10年、15年、20年存活的人很多很多。林县

人不会忘记医疗队的恩情，无时无刻不在怀念着一批又一批轮换回城的队员们。林县人民同中国医学科学院肿瘤医院的深情厚谊永世长存！

同样，林县人民也不会忘记河南医学院派出医疗队进驻林县开展防治研究工作。沈琼教授发明的细胞学拉网检查，邵令芳教授研制的食管胃吻合器，都对林县食管癌的防治产生了重要的作用。

对于中央和河南到林县去的医疗队人员，至今我都记忆犹新，友谊长存，同许多老专家、老领导保持着亲密的联系。我祝他们生活愉快、健康长寿！

这本书字数不多，但内容丰富，文字流畅，生动感人，扣人心弦。看到人民群众被疾病折磨的痛苦，不由得我老泪横流；看到医疗队队员跋涉山河的趣事，又使我开怀大笑。总之，我的感情是随着书中的叙述而起伏的。这是一本打动人心，很值得一看的好书，对医疗队伍的建设和发扬毛主席、周总理培养的为民造福的好传统也很有意义。

原中共河南林县县委书记

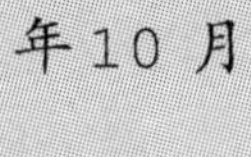

2005 年 10 月 31 日

# 写在前面

四十七年来，中国医学科学院肿瘤医院肿瘤研究所的名字与“林县食管癌防治”紧密相连。林县作为新中国建国后在党中央、中央政府直接关怀下，在新中国第一代医学科学家共同努力下，以及在地方政府密切配合下，通过医疗防治与科学研究大协作，开创的全国第一个肿瘤防治工作现场，对我国的肿瘤防治事业做出了巨大的贡献。

林县肿瘤防治现场建立与我院所的开创建设同时起步，从1958年11月李冰院长初次到林县做调查，到现在林州成为我国“国家食管癌早诊早治示范基地”和国际科研项目长期合作的基地，凝聚了党和政府对人民疾苦和肿瘤防治事业的关怀、当地广大群众的支持和参与，省、地、北京兄弟医疗队的合作，以及我院所历代医技人员和广大职工的努力和付出。她是院所的重要组成部分，也是院所发展史上的光荣篇章。她的发展历程，记录了我院几代专业技术人员和广大职工在肿瘤防治战线上付出的心血，做出的奉献。这个奉献不仅仅在专业学术上获得了许多开创性的成果，他们深入到中国农村最基层的态度，他们敢于向人类最危险的疾病挑战的勇气，他们各学科主动联合协同攻坚的作风，他们勇于探索、艰苦创业的精神，他们锲而

不舍长期坚持的现场实践，集聚和体现了我们院所的精神风貌和作风传统，这些宝贵的财富我们要认真总结，大力弘扬，代代相传。

1958年敬爱的周恩来总理，从时任林县县委书记杨贵同志在全国山区生产座谈会上的汇报中，了解到河南西北山区的地方病，特别是“食管癌”长期威胁着林县人民的健康，亲自指派李冰院长到林县做调查，向癌症发出了宣战令。若大国家的总理，肩负着治理国家的重任，日理万机，对偏远山区林州人民的健康还如此重视，亲自指示、要求了解情况找出解决问题的方法，这是中国共产党领导下的人民政府心里时刻装着老百姓，贴近群众，一心为人民的具体体现。遵照周总理的指示广大医务工作者义无反顾地到人民中间去，到高发现场去，在当地政府大力支持下，发动群众，教育群众，形成合力为攻克癌症共同工作。我院所作为这支抗癌大军的主力参加到这场大会战中，组织了医疗队，下到村镇，深入到农民家中送医送药，为了得到第一手资料，我们医疗队员想群众所想，急群众所急，凌晨3点便起床赶在早饭前把药送到农民手中，我们的专家教授为动员病人就医，亲自用自行车带着病人去治疗……，体现了我们卫生工作者心系群众的健康，为解除群

众的病痛尽习竭力的职业道德精神，也是我们科技人员与工农相结合的典范。

在那一穷二白的年代和艰苦卓绝的环境下，河南林州（原林县）人民在杨贵书记的领导下依靠“自力更生，艰苦创业，团结协作，无私奉献”的精神在崇山峻岭中开辟了一条被称之为“人造天河”的红旗渠，对林州人民来说，这是一条生命之河，幸福之河。在同样精神鼓舞下，林州还在那万民奋进的峥嵘岁月里开辟了另外一条时间上的长河，那就是抗癌之河。

1958 年李冰院长奉周总理之命到林县摸情况，研究对策；1959 年吴英恺、黄国俊等专家进行首次现场调查，组织四省一市大协作调查食管癌患病情况，初步提出预防意见，之后与当地政府密切结合协助县人民政府建立外科和放疗科，培训有关医技人员，进行肿瘤登记，开展正规诊断治疗工作。我院所组织参加了大协作，并于 1966 年 2 月组建派出医疗队驻任村公社，因“文革”开始年底返回北京。1969 年院所恢复医疗队，驻姚村公社，1970 年，医疗队正式更名为“林县食管癌防治小分队”。医疗队员们从大城市下到农村最基层，他们与贫困做斗争，与癌症做较量，首先闯过了艰苦的生活关。他们背着行李，铺着稻

草，冬天穿棉衣睡觉，夏天在蚊虫的叮咬下，天刚破晓便在盖着席棚的手术室里开始手术。他们把工作基地建在了生活条件艰苦的癌症高发区，不论是留洋的老专家，还是生长在城市的年轻人，他们没有专家的架子，没有城市人的娇气，没有知识分子的“清高”，没有科技人员的傲气。他们自己挑水，吃派饭，靠着两只脚走遍食管癌高发区的村庄和农家，靠手摇计算机统计调查的资料，在这样艰苦的条件下探求科学的规律，寻找防治癌症解除病人痛苦的良方，为此他们做出了突出的贡献。

癌症—这个千百年来威胁摧残人类生命的大敌，对我们新中国的医学科学家是一个挑战。在党中央的领导下，汇集中央和地方的医疗卫生部门，聚集了北京、河北、河南等地的专家教授，利用各种手段和方法，从预防、诊断、治疗各个不同的领域，集中一个目标，展开了抗癌大协作。

院所的医疗队，集基础、临床各个专业精英，他们对外与兄弟单位积极协作，对内打破科室界线、专业界线、年龄界线和“文化大革命”制造出来的“派性”界线，为制服癌症携手并肩共同战斗。基础学科的教授学习临床诊疗技术，临床医生学习流行病学方法，病毒、药理、细胞学等各学科自动联合立题研究，妇科大夫帮助照看头颈科

的手术病人，不论是专家，技术员还是行政后勤人员都参加到卫生防病治病知识宣传、改水等工作之中……。他们创建了综合治疗肿瘤的理念，坚持多学科联合、综合治理的道路，体会了越是专业性强、越需要团结协作的精神，他们在林州肿瘤防治现场奏出了一首团结协作的凯歌。

林州肿瘤防治基地的建立，使林州食管癌由上世纪七十年代122.27/10万的发病率、102.58/10万的死亡率，分别下降至2002年的84.47/10万、64.77/10万。近年来，林州年均开展食管癌和贲门癌手术5000例左右。林州肿瘤防治取得突出成果的主要原因一是中央重视，中央领导直接关心；二是我院所领导把这项工作当作使命，以高度的责任感锲而不舍，执著的追求，即使在十年动乱中也没有间断；三是得到当地政府的全力支持和配合。这些都与我院全体职工四十几年来的辛勤工作，长期坚持分不开。我院专业技术人员在林州开展了基础与临床相结合的研究，运用流行病学方法对癌症的发病率、患病率、死亡率进行调查，寻找病因和预防因素，探索早防、早诊、早治的新路子；帮助建立起肿瘤登记制度和三级防癌网，为开展群防群治工作打下坚实的基础；通过言传身教帮助林州开展了手术、放疗、化疗等肿瘤诊治的临床工作；为

当地培养了一批基础、临床科研人才，当地老百姓亲切地称我们是“北京医疗队”，用他们的话说我们“给林州留下了一支不走的医疗队”。

院所对林州人民的贡献还不仅仅局限于专业技术上，医疗队的工作带去了党和国家对癌症高发区群众的关怀，给落后贫困的山区带去了知识，带去了科学，带去了新的理念，带去了现代文明，改变了林州人民世世代代的某些生活习惯，提高了当地人民的健康水平，从而有利于促进当地政治、经济和社会的发展，可以说为林州人民的脱贫做出不可磨灭的贡献。与此同时，我们的医疗技术、科学知识在现场实践中得以发展和进步；尤其在精神领域和思想境界上，林州广大群众给予了我们医学工作者不可取代的哺育和提高。林州的工作，为我们这样一个大国穷国在如何做好肿瘤防治研究工作上取得的成果和经验，在全国的肿瘤防治工作中有着重要的地位，它凝集了我院所几代人的心血，“医疗队精神”是院所全体职工创业的结晶，是我们文化传统的重要组成部分。这里集中记述了部分参与者的真实故事和亲身感受，尤其是创业初期的艰苦奋斗、和谐互助的精神尤为珍贵。时代虽然不同，精神永远不灭，我们一定要保持、维护和继续发扬。

与癌症的斗争是人类抗击灾害的伟大工程，消灭肿瘤对人类的危害是我们医学科学奋斗的目标，防癌治癌是我们医务工作者义不容辞的责任。抗癌斗争将继续坚持不懈的奋斗下去，她犹如黄河、长江那样集细流，纳百川汇集成一股洪流，历经千难万险，绕过顽石暗礁，克服困难，坚定顽强地向前奔流，她已经流淌了几十年，取得了巨大成就。这条“大河”的“源”是人民的需要，“流”是各方大协作，“力”是矢志不渝的抗癌决心。所以，这是一股勇往直前的铁流，源远流长，任重道远。我们必须承前启后，继往开来，争取更大的胜利。

中国医学科学院肿瘤医院肿瘤研究所党委书记

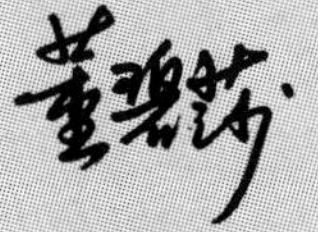

2005 年 7 月 26 日

# 目 录

## 一、中央派来医疗队

1957年，年仅29岁的林县县委书记杨贵，登上了全国大会的讲台。他在工作报告中提到的“三不通”，即“路不通，水不通，食管不通”引起了日理万机的周总理的高度关切。1958年，敬爱的周总理派中国医学科学院日坛医院的院长李冰同志下到林县了解情况，随后派出了强大的医疗队长驻林县，帮助林县人民解除病痛。周总理的一系列有关林县食管癌防治的指示，成为北京医疗小分队工作人员永远不忘的嘱托。在以后长达四十多年的岁月里，一批批医疗队队员用青春和激情谱写了一曲为人民服务的赞歌……

## 二、同吃、同住、同劳动

上世纪六七十年代，中国医学科学院日坛医院的大夫们扛着行李，从繁华的北京城来到贫瘠闭塞的林县山区，那里艰苦的条件让每一个来到这里的队员都记忆深刻。但是他们没有被困难吓倒：吃糠，喝苦井水，住破庙，下农田...... 在这块贫瘠的土地上，与当地人民同吃、同住、同劳动。没有人抱怨，也没有人倦怠，他们始终以乐观的精神、积极的态度投入到为解除当地人民病痛的斗争中……



## 三、一切为了病人

许多上世纪六七十年代去过林县的医务人员都曾说过：“林县人民缺医少药的情形如果不是亲身体验，是无法想象的。”正是面对林县人民的苦难，这些当时在北京以至于国际上都享有盛名的医生，来到生活条件极其艰苦的山村以后，就全身心投入到了送医送药、防病治病的工作中。他们走村串队，爬山渡河，迎风冒雪，披星戴月，就像许许多多中国乡村的赤脚医生一样活跃在林县这块贫瘠的土地上。他们为许多人挽回了生命，同时也给那里的人民带去了生的希望和勇气。回首往事，对于过去亲历的艰苦岁月，他们没有一丝的抱怨和不平，唯一的理由就是：医生，就要一切为了病人！



## 四、走中国自己的“克癌”之路

上世纪五十年代，全世界每年有30万人死于食管癌，中国患者占其中的一半。中国林县高居世界食管癌发病之首，每3个男人和每5个女人中就有1人死于此病。于是，在中央的指示下，成百名科学家，成千名医务工作者，成万名各级各类人员来到林县，在长达40余年的时间里，经过几代人的艰苦努力，已使中国食管癌防治研究走在了世界的前列。林县现场的建立和取得的成就不仅显示了中国科学家非凡的科研能力和水平，也走出了一条“不能洋人咋搞我们就咋搞”的中国式的科研道路。现在国际上已经公认：要了解食管癌，请到中国的研究现场去！

## 五、打一场防癌的“人民战争”

几百年来，“噎食病”成为盘踞在林县这片贫瘠闭塞的土地上的瘟神，它让许多原本不幸的人们又受尽折磨，使千百万贫寒的家庭更加雪上加霜。在旧社会，无助的人们只能向“喉爷庙”的神像祈求庇佑；在新中国，中央医疗队使苦难的人们看到了希望。他们要带领人们打一场防癌的“人民战争”……



## 六、留下一支永远不走的医疗队

四十多年来，医疗队队员来了又走，走了又来，他们“舍小我，为大家”的工作精神和工作态度，不仅给绝望中的病人带来了生的希望，也激励了当地一批又一批的医务工作者献身于肿瘤防治事业。岁月如梭，当年缺医少药的林县，如今已成为全国闻名的食管癌防治基地，每年有成千上万的食管癌病人来这里接受治疗，当年要为林县人民“留下一支永不走的医疗队”的夙愿已经实现……

## 七、让世界认识中国

1958年，新中国的肿瘤防治事业以崭新的面貌开始了，面对西方百余年肿瘤防治的历史和为此投入的巨额资金，一大群热爱肿瘤防治事业的中国知识分子，用自己的智慧和献身精神白手起家，立足中国现实，走出了一条中国自己的防治道路。自此，在学术上他们从靠边坐的“旁听生”逐步走上了国际学术大会的主讲台，中国让世界瞩目，世界为中国鼓掌！



## 八、医民鱼水情

从上世纪五六十年代开始，一批批北京医疗队队员来到贫穷落后、疾病丛生的林县，在治病、扶贫、革新的过程中，队员们和当地人民结下了深厚的感情。时光荏苒，三四十年前在林县挥洒青春和汗水的一代医疗队员，现在大多已白发苍苍。回忆起在林县工作的岁月，他们人人都饱含深情：是林县培养了我们！而林县人民更是牵挂那些尽心尽力为他们付出辛劳的好人：常回来看看！

## 九、今日之林州

过去的林县，穷山恶水，食管癌高发，当地的群众因贫致病，因病致贫成了整个苦难生活的缩影。党中央派来医疗队以后，带领林县人民群防群治，建立起了完善的三级卫生防治体系。现在的林州不仅摘掉了食管癌高发区的帽子，而且拥有了全国最好的乡卫生院，每年的医疗收入成了这里主要的经济支柱。从食管癌重压下解放出来的林州人民，奋起直追，日子一天一天好起来，腰包一天一天鼓起来，他们说：没有北京医疗队，就没有我们的今天……



## 十、医疗队精神代代相传

在过去的四十几年间，中国医学科学院肿瘤医院肿瘤研究所的医务、科研、行政人员扎根在边远落后的林县山区，无论是院士、名医还是普通员工，都兢兢业业工作，没有人埋怨，更没有人当逃兵。他们当中的许多人把最美好的年华献给了那里的病人，献给了当地的食管癌防治事业，甘于奉献，勇于牺牲，用青春和汗水创造了一个医疗科研工作光辉的典范，为我们留下了宝贵的精神财富，那就是——医疗队精神。目前，院所正在为创建人民满意医院、构建和谐医患关系而努力，而医疗队精神必将为此添油助力！

# 一、中央派来医疗队

1957年，年仅29岁的林县县委书记杨贵，登上了全国大会的讲台。他在工作报告中提到的“三不通”，即“路不通，水不通，食管不通”引起了日理万机的周总理的高度关切。1958年，敬爱的周总理派中国医学科学院日坛医院的院长李冰同志下到林县了解情况，随后派出了强大的医疗队长驻林县，帮助林县人民解除病痛。周总理的一系列有关林县食管癌防治的指示，成为北京医疗小分队工作人员永远不忘的嘱托。在以后长达四十多年的岁月里，一批批医疗队队员用青春和激情谱写了一曲为人民服务的赞歌……

## 1. 一位年轻县委书记的工作报告

河南是中国的人口大省，也是自然灾害频发，生态环境恶劣的省份，在与老天拼抢生路的过程中，涌现出许多惊天地、泣鬼神的壮举。现在在河南仍能听到这样的两句话：“走遍河南山和水，至今怀念三书记”。这三位书记是：兰考县的焦裕禄，林县的杨贵和辉县的郑永和。他们都是带领人民群众与自然抗争的典范。

太行山下的林县

杨贵，1954 年调任林县县委书记。那年，他 26 岁。

林县位于河南省西北角的太行山东麓，是一个山高坡陡、土薄石厚、水源奇缺、十年九旱的贫瘠山区。总面积 2046 平方公里，荒山占总面积的 49.9%。年平均降雨量只有 600 毫米左右，60% ~70% 降雨量集中在 7、8 两个月。据史籍记载，从明正统元年（1436 年）到新中国成立的 1949 年，513 年间发生自然灾害 100 多次，大旱绝收 30 次，人相食 5 次。林县有首民谣：“天旱把雨盼，雨大冲一片，卷走黄沙土，留下石头蛋”。“光岭秃山头，十年九不收，豪门逼租债，穷人日夜愁”，是旧社会林县人民悲惨生活的真实写照。1954年，杨贵调任林县县委书记。上任以后，在下乡调研中他发现林县群众生病的特别多。一个是食管癌，当地人叫“吃不下病”，得这种病的人很可怜，食管被瘤子堵的死死的，水都喝不下，最后往往被活活饿死；有的实在饿得受不了就用筷子硬捅，甚至有人喝敌敌畏企图在食管里腐蚀出一条通路来；也有人不堪忍受折磨而选择自杀。再一个是甲状腺肿大，群众叫“硬脖子病”，肿大的甲状腺像茄子一样挂在脖子上。乡亲们告诉杨贵，只要爹娘是大脖子，所生的孩子不是哑巴就是傻子；还有皮肤病、胃病……但是，在这些病里威胁最大的是“吃不下病”，民间流行一句话叫：“吃麦不吃秋，吃秋不吃麦”。就是说，只要得了这个病，春天得了秋天就死了；秋天得了，等不到春麦就死了。谁得上这个病，就等于被判了死刑，一切都完了。

看到群众遭受病痛的折磨，年轻的县委书记心情异常沉重。在他看来，党的干部，如果对群众的疾苦漠不关心、麻木不仁，这就是失职，就是犯罪！所以在领导林县人民治山、治水的同时，杨贵将很大的精力放到了地方病的防治工作中。

1957年11月，杨贵作为河南省代表参加了在北京召开的全国山区生产座谈会。11月10日的会议由邓子恢副总理主持，29岁的林县县委书记第一次登上了全国大会的讲台，面对中央和省部委领导同志介绍林县山区建设的经验。

在汇报中，他说道：“林县人民生活太苦了，粮食夏秋

1957 年杨贵（第三排左六）在全国山区生产座谈会上

两季一亩地只产一百多斤，不算秋季，夏季只产七八十斤，遇到天旱就绝产了。林县缺水，地方病很严重，尤其是食管癌特别多，威胁特别大。因为这种情况，山下的姑娘不愿嫁到山上来，干部不愿到山上来工作，从平原根本调不进干部去。……”杨贵整整讲了一上午，林县山区建设的实践经验在会议上引起了强烈反响。11 月 15 日，周恩来总理阅看全国山区生产座谈会简报时，看到林县山区严重缺水和地方病食管癌、甲状腺肿大、胃病等发病率较高的问题，引起他的高度重视，当即派国务院办公厅的同志在座谈会上找到杨贵详细了解了情况，征求研究解决问题的意见和方法。

这是周总理第一次通过间接方式了解林县，了解食管癌在林县的危害。

## 2. 周总理的嘱托

杨贵在全国山区生产座谈会上的发言，谈到地方病特别是食管癌威胁着山区群众的健康，引起了周恩来总理的高度关切。

1958 年 8 月 10 日，周总理派中国医学科学院日坛医院（我院的旧称）院长李冰到林县调查，传达了总理让“摸清情况，研究出对策”的重要指示。杨贵书记陪同李冰院长到林县北部进行调查。李冰深入社员家里，询问患者，对群众饮食习惯和家庭发病史进行了调查。1959 年，北京阜外医院吴英恺院长、日坛医院的黄国俊教授也先后来林县调查。在调查过程中，他们看到的情况比想象的要严重得多。在病情高发的村庄，几乎家家都有食管癌病人，有时竟会碰到一村几户同一天出殡，而且都是死于食管癌的悲惨景象。

吴英恺院士

李冰、吴英恺回到北京，向周总理汇报了调查情况。周总理责成日坛医院派出专家医疗队长驻林县，开始进行食管癌防治研究。1969 年，周总理进一步做出“对肿瘤应研究根治办法”的指示。

此后，周总理一直关注着林县食管癌研究工作的进展。1970 年 7 月 2 日，他在接见中国医学科学院和中医研究院医务人员时说：“肿瘤应该抓。日坛医院应做出成绩。肿瘤防治中国应做出贡献。食管癌防治情况已经知道了一些，林县这个点要抓好。西北也去了一个医疗队，还可以再搞几个点。要打破医学界的迷信，什么都要开刀，不开刀不行的思想要不得，许多病是可以防治的。中西医要融会贯通，闯出一条中国新医学的道路。”周总理的这番指示，给“文革”时期风雨飘摇中的中国肿瘤防治事业带来了曙光。

1972 年 2 月 16 日，李冰向周总理汇报了林县食管癌研究的一些情况后，周总理说：“现在那么多病，有些病因还没有找出来，要很快搞清楚。你们说的肿瘤病因很多，亚硝胺是病因的科学依据足不足？要找出主要矛盾嘛！林县这个点要继续抓下去。”

1973 年 10 月 4 日晚，周总理在接见三个出国卫生代表团时对林县食管癌又有过一段重要谈话：“林县食管癌在早期诊断有一些办法，对食管癌的病因，有没有初步结论？生活习惯有没有关系？过去说有关，现在调查研究怎么样？食管癌防治工作是关系人民健康的一种疾病，你们要认真研究，列入议事日程。”

1973 年 11 月 23 日，李冰向周总理汇报和展示了林县及河南、河北、山西、北京三省一市 181 个县食管癌调查和绘制的地图。周总理指示：“林县的防治点要继续搞下去，像林县这样的点，全国要多搞几个。李冰你要将地图

李冰院长向外宾介绍三省一市食管癌死亡率沙盘

复制成沙盘，这样可以更好地观察。”此后肿瘤医院监制了两个沙盘，一是林县的全貌，一是三省一市181个县，显示了食管癌在华北分布的特点。外宾来华参观，都赞扬中国食管癌研究的成果，为国际协作打下了很好的基础。

周总理对人民疾苦真是关怀备至。林县食管癌发病率高，他一直挂在心上。1973年12月29日晚，中央在人民大会堂召开读书班学员和各部委领导会议之前，周总理见到杨贵，问：“林县食管癌发病率高，这个问题要解决，究竟是什么原因？”

杨贵回答说：“有人说与吃酸菜、吃热饭有关系，现在还不能肯定。也有说亚硝胺是主要原因。”

“科学依据足不足?”

“现在还没有下结论，还在继续研究。十多年来，中央医疗队长驻林县，在预防和治疗方面都有新的进展，手术加放疗的病人存活五六年、十多年的都有。”

李先念副总理说：“杨贵同志，你同林县同志谈谈，要和医疗队配合好，攻破这一关。”

周总理说：“你多和李冰同志谈谈，她在这方面做了很多工作，要一起研究一下这个问题，这是人民关心的问题，一定要持久地抓下去。”

自从1957年周总理从全国山区工作座谈会上得知林县是食管癌高发区以来，周总理一直牵挂着林县人民的生命健康，他老人家有关林县食管癌防治的一系列指示成为了杨贵和中央医疗队几十年不能忘怀的嘱托。

如今，随着人民生活条件的不断改善和医疗水平的不断提高，林县的食管癌发病率比40多年前明显下降，疗效也显著提高。但是，攻克癌症仍然是世界医学一大难题。长期参与林县食管癌防治的医学工作者们任重道远，仍在遵照周总理生前的嘱托顽强攻关。

### 3. 山区来了医疗队

林县食管癌的危害引起了敬爱的周恩来总理的重视。1958年8月，总理指派我院李冰院长到林县了解食管癌情况，中共林县县委领导班子得知中央派人来，禁不住欢欣鼓舞，受到极大的振奋，觉得防治食管癌一下有了盼头。县委书记杨贵、县卫生局和县医院的领导亲自陪同李冰同志到林县食管癌高发区任村桑耳庄和姚村史家河村进行调查，他们真切地希望中央来的专家能为解决食管癌的问题想出良策。

尽管李冰院长一行人对当地食管癌的高发病率有心理准备，但调查的结果还是让他们感到触目惊心。调查组在桑耳庄看到几乎家家都有食管癌病人，而且这些村庄近几十年死亡的记录中，大部分死者是患食管癌去世的。当地人对食管癌都心存戒惧，但却无能为力，感到叫天不应，叫地不灵的绝望。他们拉着李冰院长哭诉：这可恶的“吃不下病”，让他们在乡亲们面前抬不起头来，让娃们找不到媳妇，让家里穷得揭不开锅……

村干部解释说，在当地得了“吃不下病”是很忌讳的，认为是干了缺德事遭了报应，这样的人家常常为治病而穷困潦倒，没有人家肯把闺女嫁过去。所以食管癌病人在忍受肉体上的折磨时，精神上也背负着巨大的压力。

这些所见所闻令李冰院长大为吃惊，她对林县同志说：“没想到这么严重，还从来没有遇到过这种情况。”县委书记杨贵同志、县长李贵同志听了更是心急如焚，希望北京来的专家能提出一些好办法，林县群众苦啊！李冰院长也是心情沉重，县委领导的焦虑、患者的痛苦、群众的恐惧……种种表情萦绕在她的脑海里挥之不去，这几乎让她夜不能寐了。所以，调查一结束，李冰院长星夜踏上了回京的列车，向总理作了紧急汇报。总理听完汇报，做出指示：

## 一、中央派来医疗队

为了解除林县人民的病痛，一批批医疗队队员来到贫困闭塞的林县农村

派医疗队长驻林县，帮助林县人民解决食管癌的问题！

从此，一批批医疗队员带着周总理的嘱托，揣着悬壶济世的情怀踏上了林县这片贫瘠的土地，从送医送药到早防早治，再到移风易俗，队员们把自己的青春、智慧和汗水无私地献给了这里的人民。在各级、各地派出的医疗队中我院所医疗队在林县坚持的时间最长，四十几年来从未间断，就是“十年动乱”期间，在林县山区也活跃着我院所医疗队队员的身影，这在全国尚属罕见。当地群众都亲切地称我院所医疗队为“北京医疗队”，这个名字在林县可以说是家喻户晓、妇孺皆知。

经过几十年的发展，林县的卫生事业已经发生了翻天覆地的变化，肿瘤防治体系从无到有，并逐渐发展壮大；食管癌的发病率和死亡率也大大下降，这里取得的成就是各方努力的结果，我院所几代人的付出更是其中最为精彩的华章。几十年来，我院所上下一心，从吴桓兴院长、李冰书记到现任的赵平院长和董碧莎书记，历届领导都非常重视林县现场的工作，都到林县视察和指导工作；院所先后有医护、科研、行政管理等300多人参加林县食管癌防治研究小分队的工作。

1978年我院派出的医疗队在林县的工作获得全国科学大会奖

一、中央派来医疗队

林县领导欢迎院所食管癌小分队和河南肿瘤防治队的医护人员

中国科学院贝时璋教授（右二）到林县考察食管癌防治工作

1970 年院所赴河南林县食管癌防治研究小分队部分医疗队队员在姚村卫生院

1978 年院所医疗队队员在姚村留念

一、中央派来医疗队

女医疗队队员在太行山上

女医疗队队员在林县红旗渠旁

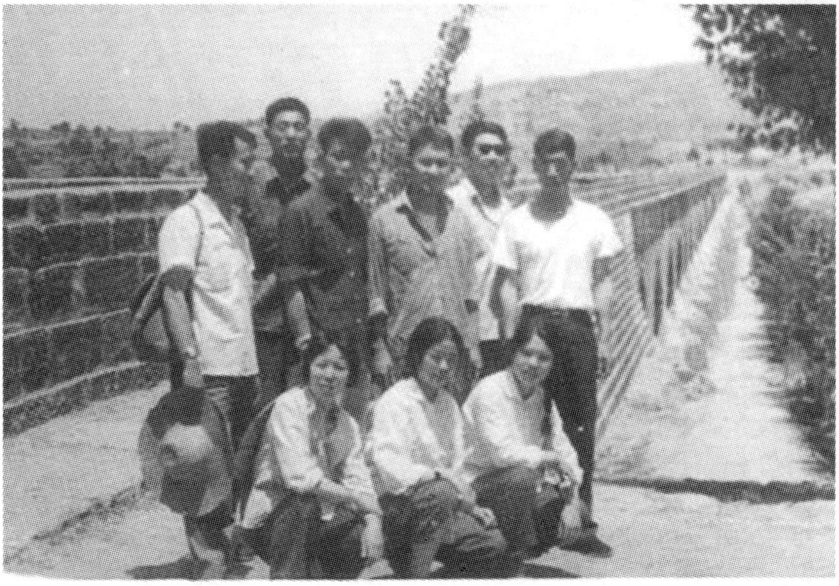

医疗队队员在红旗渠旁

# 二、同吃、同住、同劳动

上世纪六七十年代，中国医学科学院日坛医院的大夫们扛着行李，从繁华的北京城来到贫瘠闭塞的林县山区，那里艰苦的条件让每一个来到这里的队员都记忆深刻。但是他们没有被困难吓倒：吃糠，喝苦井水，住破庙，下农田……在这块贫瘠的土地上，与当地人民同吃、同住、同劳动。没有人抱怨，也没有人倦怠，他们始终以乐观的精神、积极的态度投入到为解除当地人民病痛的斗争中……

## 1. 大碗和糠窝窝

林县是老区，1941 年就解放了。但是解放后，十年九旱的年景仍让老百姓的日子过得异常艰难，群众生活情形就是“糠菜半年粮”。那时老百姓口头上流传着这样一句话：“三天不吃糠，心里没主张”。说的是当地人民的口粮不足，主食不是谷糠就是掺了糠的玉米面。糠，这种现今猪都不大吃的东西，当时却是林县群众主要的生活食粮。为此，林县农民的吃给每一个曾在林县工作过的老医疗队队员，都留下了深刻的印象。

上世纪七十年代，一批医疗队队员来到林县，刚下火车恰逢晚饭时间。当时天已经擦黑了，队员们乘着一辆破旧的吉普车赶往医疗队驻地。一路上看到的男男女女、老老少少，都面朝马路，蹲在路边。因为天黑了，看不清人们手里拿着什么东西，也不知道这是在干什么。

有个队员好奇地问司机：“他们在开会吗?”

林县人吃饭用的大碗

司机“哧”地笑了一声：“开什么会?吃饭呢!”

后来大家才知道，当地穷，家家没饭桌，能吃上饭的人家是一种荣耀，所以，吃饭都摆在显眼处，并且人们将其郑重地称为“饭事”。到“饭事”的钟点，就见家家门前的石头上，太阳地里都蹲着人，一人托一只大海碗，（那碗的个头出奇的大，足以抵得上现在饭店的汤碗。曾经有一年摄影大赛，一副获奖的照片上就是一个乡下孩子手里托着一个大碗，那碗挡住了孩子的大半张脸，只露出一双圆圆的眼睛，那副照片的背景就取自河南农村）大海碗里盛着满满的热糠粥，另一只手里的筷子上戳着两个小小的糠窝窝。咬一口糠窝窝，吸溜上几口热汤，人们叫这吃食为“吃糠喝汤”。一路走下来，几十上百人的吃饭队伍，唏哩呼噜声此起彼伏，看了让人叹为观止。

1966年医疗队队员在任村卫生院生活情形

很多队员纳闷：这么小的一个糠窝窝，三口两口就吃完了，还要用那么大一碗汤送吗？当时到林县，要求队员们与当地群众同吃、同住、同劳动，一般都要到老乡家吃三个月的派饭。直到去吃派饭，队员们才真正领教了糠窝窝的“厉害”。老百姓把小米糠和柿子一起放在石臼里捣，捣到细碎后，就团成团，一个一个地摔贴在墙上阴干，这有点像农村垒墙时往墙上摔黄泥。等到柿糠饼干透了，用铲子把它们从墙上撬下来，掸去上面的灰尘，再磨成面粉。在磨的过程中，常有石磨的石屑、木棍的木屑掉到面粉里，人们用这种面做成窝窝，然后用水煮，捞出来后就是一个硬得像石头一样的糠窝窝，不用水往肚子里送，根本就咽不下去，喝热汤咽时会好受一些。这种窝窝太硬了而且牙碜，当地很多人不到三十岁就开始掉牙了。

队员们到老乡家去吃派饭，满怀感谢之情的老乡总是拿出最好的东西来招待。最初都是给特意单做面食：有时烙张面饼，有时做碗面条，光景好的人家还用筷子再蘸上几滴香油滴到碗里。队员刚一端碗，老乡家的孩子就站在旁边眼巴巴地看，许多队员吃不下去，把面食都给了孩子，自己也跟着老乡吃糠，吃完之后，很多队员大便解不出来。有的女队员实在没有别的办法了，就跟老乡说自己喜欢吃红薯。红薯是解放以后林县从山东引进种植的，当地人并不喜欢吃，所以这个要求很好实现。不过，在老乡家吃派饭，憨厚的农民不知咋招待才好，往往一家效仿一家，所以吃三个月派饭，三个月都是一样的饭食，如果吃红薯，三个月都是红薯。最初大家还觉得不错，可吃的时间长了，胃里就开始泛酸水。现在，老医疗队员回想起那段岁月，只会感慨地说一句："那时候，林县人民真是太苦了。"

## 2. "打牙祭"

"打牙祭"是革命战争时期我军常用的一个词，是对偶尔改善伙食的一种称呼。谁想在解放若干年后，在林县工作的医疗队仍然广泛流传着这个说法。

在1972年以前，下到林县的医疗队的队员们都到老乡家吃派饭。林县地区落后，群众日子过得艰难，加上当时特殊的历史环境，医疗队下乡还有一个主要目的：接受贫下中农再教育。在医疗队中有严格的纪律：不准在群众家吃肉、蛋、水果等高级食品。虽然老乡们拿出家里最好的招待，也不过是碗面食，而这点面食也常常省给了老乡的孩子，队员们大多跟着老乡吃糠咽菜。当地农民一天基本都吃两顿饭，队员去了，也只能跟着吃两顿。饿了，老乡在自家再找点什么填填肚子，队员却只能按着"咕咕"作响的肚子忍着。时间一长，肚里就没有了油水，空空的，一天下来，主要的感觉就是饿。医疗队除了下乡送医送药，巡回医疗，搞调查研究，有时还要参加当地的生产劳动，每天的活动量很大。对于一些年轻的医疗队员，饥饿感更加强烈。所以，"打牙祭"就成了队员们一种奢侈的享受。

最初医疗队驻在任村，任村属于深山区，没有公路，交通不便，距离县城有50华里。1969年以后医疗队改到姚村设点，这儿虽然有了公路，但离县城也有25华里。上世纪六七十年代的医疗队里的代步工具就是自行车，有时调配不开，就只能靠两只脚板往返。冬天，如果碰上下雪天，骑车也是件受罪的事。林县的冬天很冷，雪经常下得很厚，路又不好。尽管如此，队员们还是很愿意到县城去出趟"差"开个什么会，因为到了县里可以打打牙祭，吃上一顿饱饭，虽然没有大鱼大肉，但起码可以让饥肠辘辘的肚子暂时充实起来。在县城，路边还经常会有卤煮的猪下水卖，当地人不吃这种东西，队员们看到总要买上一些解馋，边走边吃，常常走不到驻地，手里的猪下水就被啃光了。

1972年，院所给医疗队派来了一个厨师，队员们不用再到老乡家吃派饭，但是在伙食上依然很清苦，在这方面仍然有严格的规定。当时的伙食基本上是玉米面窝头、二米饭、红薯面，队里只能偶尔让厨师改善一下伙食给队员打打牙祭。每一次队里做上顿好饭，队员们都像过节一样高兴。

记得一天早晨，晨雾还未散去，已经下地的老乡惊奇地看到平常温文尔雅的医疗队的大夫们，都眉开眼笑的往医疗队队部里跑，不知发生了什么事。后来才知道，今天改善伙食，各小队接到通知回队部吃早餐。早餐是小米粥和炸油饼，小米粥随便喝，油饼一人一个。多年以后，有的队员还念念不忘那顿早餐，那油饼可真香啊！

公费的打牙祭毕竟是偶尔的，大家肚子里的油水还是一天少似一天。为此队员们创造出了各种"自力更生"打牙祭的方式。一年，医疗队里年轻人居多，他们运动量大，吃得也多，由于没有油水，肚子总是饿。实在熬靠得受不了，白天得空就用弹弓打野鸽子和麻雀，晚上偷偷溜到田间和小河边，用手电筒照着逮田鸡（青蛙），回来后交给厨师红烧解馋。他们虽然不违反我军的“三大纪律、八项注意”，却为医疗队的纪律所不允许。所以，那些年轻的队员都受了批评，写了检查。

又一年，申榕年大夫带队。一次休息日，申队长带着队员到邻村的小河摸鱼。已是秋季，河水很凉，队员们仍然是不顾一切挽起裤腿跳入河中，抓回来一大桶，不知谁还抓到了一只甲鱼。大家兴高采烈地抬着桶，扛着甲鱼回驻地，不想惊动了老乡们，村里人都围上来看热闹。

当时的林县人不吃鱼，有人看了不解地问：“申队长，你们弄这些东西干什么用？”

“喔，我们搞点标本。”申队长不动声色地很快回答了一声，队员们都躲在背后偷偷地乐。

那一天的午饭，搞到的“标本”成了队员们盘中的美味，这一餐也成了这一批医疗队队员在林县工作期间最令人回味的一顿牙祭。

“尽管当时生活非常艰苦，但在医疗队中没有人骂三骂四，大家只有一个想法，来了就是为人民服务的。”老医疗队员陆士新院士回忆起那段艰苦而又充实的岁月，曾经这样感慨地说。

## 3. 辘轳、医生和水

林县缺水，所以林县人民修筑了举世闻名的红旗渠。上世纪六七十年代的医疗队员虽然没有赶上用水最艰苦的时候，但是，打水却一直是工作生活中一项重要的任务。

林县的旱井，井水中亚硝酸盐含量很高

医疗队每天的第一件工作就是打水。医疗队驻地旁边有一口几十米深的井，需要用很长的大绳和辘轳才能打上水来，城里人没用过，刚开始水桶往井里一扔却怎么也灌不进水去，好不容易灌进了水，一不留神辘轳把儿又脱了手，咕噜噜……嘭！摇到井的半截腰的水桶又掉到井里。最初，要反复折腾多次，才能把一个水车灌满。说到水车，是医疗队员们用一个汽油桶改装的，把一个大汽油桶放倒在平板车上，在桶的上部开个方口作为进水口，下边再凿个小洞接一根胶皮管作为出水口。水车灌满了，两人在前面拉，后面要有人推，这样一来，往往需要五六个人一起干才能完成一天的打水任务。如果遇上雨雪天气，就更增加了打水的难度。滑溜溜的井台，一眼望不到底的深井，足以让女队员们心惊肉跳。

医疗队队员在打水

医疗队的队员中多数是第一次下乡，开始还觉得新鲜有趣，之后便逐渐知道这是一份艰苦的差事。当时医疗队里的氛围相当团结和乐观，对工作没有人推三阻四，大多都是争着干最艰苦的工作。无论天气如何，大家都争着参加打水而且从不间断。由于打水不易，所以井水只供做饭和饮用，队员们洗漱都用苦井里的水，大家都是能马虎就马虎了，几乎一个月才洗一次澡。

1974 年，我院所又派出了阵容强大的医疗队协助姚村

上世纪七十年代林县农村贫穷落后，这是农民家的院门

卫生院建立外科病房。在胸外科主任黄国俊教授的亲自策划下，将姚村卫生院门诊部的二楼改建为手术室。楼上虽然有水管却经常停水，而医疗队每天的治疗用品如换药包、注射器等都要清洗并消毒，需要大量的清水。于是在治疗室里就安放了一口大缸，里面蓄满水已备不时之需。然而，每天挑水上楼又成了一项艰巨的工作。

医疗队里有几个年轻的女孩子，在城里从来没有干过挑水的活，肩上一条扁担两桶水在平地保持平衡尚且不易，何况还要上到二楼。不过，她们不甘示弱，经常是担着两桶水摇摇晃晃地进了楼门，咬着牙上台阶，没走几步，肩上的担子就出溜到了后背，胸前抱着一只桶上不去，也下不来，等打完水浑身也湿透了。当地的医务人员们都感叹地说：“女娃们真不容易，回去也练成一付铁肩膀了。”

## 4. 洗澡和烧煤炉

林县位于河南省西北角的太行山东麓，地处东经113.37′至114.04′。夏天闷热，冬天阴冷潮湿。

位于林县姚村的医疗队队部旧址

老医疗队员们说，林县夏天那种热是没有一丝风的闷热，太阳照在头顶，无遮无挡，那叫一个暴晒。上世纪七十年代医疗队在姚村驻扎时，队员们每天到姚村卫生院上班，从住处到卫生院也就几百米，但这却是一段难捱的路程。人走在太阳地里，闷热又暴晒，浑身燥热却又出不来汗，非常容易中暑。可林县又缺水，大家的生活用水尽量节省，尽管夏天闷热，洗澡分了男女日，但也不能常洗。轮到洗澡的时候，队员在厨房烧一壶热水，然后兑点凉水，从头往下浇，擦一遍肥皂，冲去泡沫了事，那程序是简单得不能再简单了。

冬天潮湿阴冷的气候，让大家更是难耐。队员们笑称这里除了人不发霉，什么都发霉。队员们睡的木床的床腿都沤烂了，席子几天不晒，一掀开下面就都是绿毛。当地没有暖气，医疗队每个房间都有个砖砌的炉子，队员们自己生火取暖，取暖的材料是煤末掺黄土。一到冬天，房门口就堆起一个“小山包”。队员自己将黄土和煤末按一定比例搅拌在一起，做成煤饼，把炉子生上火，白天出去送医送药，到了晚上临睡的时候，用煤饼把炉火封上。

靠煤炉取暖，有两大弊端。一个是脏，每天添煤饼，掏炉子，屋里暴土扬灰，人也是蓬头垢面；另一个就是弄不好容易发生煤气中毒。说实话，烧煤炉真的是一件技术活，医疗队的很多队员直到离开林县时也没有掌握好这门技术。

炉子烧不好的一个直接后果就是挨冻。有的队员每天早晨刚刚生起的炉子到下午就灭了，下班回来只好再生一次，屋里永远是冷飕飕的，有人只好一个冬天都穿着棉衣棉裤再盖上被子睡觉。挨冻毕竟没有生命危险，但煤气中毒就不一样了，是真正的生死考验。在使用砖砌的煤炉时期，医疗队确实发生过多起煤气中毒事件。因为砖砌的炉子，烟囱走墙，往往不知道烟是往外冒还是往里窜，不知不觉人就不省人事了，就此有人还出现过昏迷、大小便失禁的现象，好在发现和抢救及时，没有人为此而“光荣”了。

直到 1977 年底，这种境况才有所好转。有一天，医疗队的队长张力军从县里开会回来，炉火早就熄了，屋里冷得跟冰窖一样。和她同住的一名女队员正发高烧。累了一天了，想生好炉子，早点睡。可既怕煤气中毒，又担心生病的队友受了风再加重病情，所以不敢开着门睡。谁想越怕越出事，灯还没关，门也没插，人就什么都不知道了。

迷迷糊糊之间，张力军听到有人说："血压测不到，去医院取氧气来不及了。"

"什么来不及?"张力军问。

没人回答她，人们都相互示意，到门外说去了。第二天，张力军头痛欲裂。队员们的心都提到了嗓子眼，因为人脑严重缺氧可能会造成痴呆。吴雪林大夫晚上陪伴张力军时不停地说梦话"太可惜了"、"太可惜了"。

事后，她对张力军说："我梦见你变成了傻子，大家都说你太可惜了。"自从发生了这起煤气中毒事件以后，我们院所的领导特意从北京运来了铁炉，这可能是林县第一个取暖用的铁炉子。

## 5. 一双脚板和四十里山路

从上世纪六十年代初北京医疗队来到林县，送医送药，救治了不少病人，工作卓有成绩，在当地的名气越来越大。当地百姓和周边省份的群众邀请医疗队出诊的次数越来越多，从河北的赵县到山西的平顺县都留下了医疗队员的足迹。林县正处于河北、山西、河南三省的交界处，跨省并不是难事，渡过漳河就到了赵县，翻过太行山就是平顺县。当时村卫生院没有汽车，自行车也不多，乘汽车巡回医疗是比较奢侈的事。队员们出诊多数时候是搭便车，更多时候是徒步来回。

1966年的一天，三省交界的某个村里来电话说有急诊病人要求救治。医疗队就派孙燕和魏林法大夫趁着天没黑赶快出诊。孙大夫骑上队里的自行车，很快找到正在下边大队里工作的魏大夫，一同沿着漳河往半山腰赶路。山路崎岖，乱石横道，陡坎一个接一个，根本不能骑车。他们只好推着车，手脚并用，40里山路，走到半路天就黑了下来。等到了病人家中，已经是晚上八点，两人又累又饿，几乎快要休克了。但是病人胆囊炎急性发作，他们顾不得喘口气，就投入抢救，经过处理，病人的病情缓解了很多，病人家属感激万分，留他们吃了晚饭。晚饭后又有邻近的病人找来，等全部处理完，两人已经筋疲力尽，倒头便睡下了。第二天清晨起来，发现房后就是当地著名的马跑泉，在房子里就能听到悦耳的泉水声，而他们一夜酣睡竟浑然不知。

除了跨省出诊，医疗队大多是分散到各大队送医送药。送医送药是件苦差事，医疗队队员一人承包十几到二十个大队，送医送药最远的大队要几十里路。最初全靠一付脚板来来回回，后来医疗队给外勤人员每人配备了一辆自行车，稍稍减轻了一点队员的体力消耗。但山区路不好走，很多村子坐落在半山腰，骑车去的时候特别费力，一般要走一个多小时才能到达目的地。而回来的时候，特别畅快，年轻的队员跨上自行车从山顶不用蹬车一路飞飙下来，十分钟不到就能到达山脚。这种既冒险又刺激的骑法让那些年轻的队员开心无比，曾有人神气地说这是电影里“轻骑

二、同吃、同住、同劳动

医疗队翻山越岭到林县石板岩公社送医送药

医疗队穿越深山进驻村队的途中

兵”的骑法。不过，“轻骑兵”在崎岖不平，险象环生的山地驰骋危险很大，不止一名队员曾经从山坡上连车带人滚落下来，摔得鼻青脸肿，等缓过神来，再推起自行车继续赶路。

若干年后，老医疗队队员回忆起自己当时的样子禁不住哈哈大笑：“那时年轻啊，什么都不怕，每天都有使不完的劲，现在看苦点，当时，有事情做，而且乐意做，所以开心！”

1975 年夏天，河南驻马店发大水，太行山脉也大雨滂沱。医疗队送医送药工作一直没有停顿。自行车这时是彻底用不上了，因为道路泥泞，走不了多远两个车轮子就被泥浆糊死了，队员们就穿上雨衣和胶鞋坚持步行到老乡家，每人都是一身泥水，满头汗水。老乡们见了，拉着他们的手，嘴唇哆嗦着却不知说什么好，只是拉着他们的胳膊一个劲地往炕上拽。

一次按计划四名队员要到半山腰的一个大队去驻队一周，谁想走到半路，山洪就下来了。几个城里人没有见过这阵势，一下就傻了眼，不知怎么才能过去。正在危急的时候，前来接应医疗队员的赤脚医生赶来了，指挥大家手拉手，一起在齐腰深的水里往前趟。洪水很猛，不时冲得他们摇摇晃晃，站立不稳，幸好大伙都死死地抓着手，才有惊无险地渡了过去。队员们驻了七天队，下了七天雨，屋外下大雨，屋里下小雨，每天都要接几桶雨水。即使这样队员们仍然披上雨衣，走家串户及时到老乡家送医送药。有一个女队员被雨淋得生了病，高烧不退，必须下山急救，消息传到医疗队，队长和几个人拉上一个平板车，就冲进了雨幕里。到了老乡家，把女队员抬到车上，被子上面盖上一层塑料布，就往回返。下山的路既陡，又泥泞，平板车借着惯性不断把人带着冲出山上的小道。前面掌舵的队长拼命用手和胳膊抵住平板车的车把，后面的队员也使出吃奶的劲儿拖着车后板，不时有人被车拖倒在地上。就这样，跌倒、爬起、再跌倒、再爬起，几里下山的路，走了几个小时。下得山后，泥水和汗水顺着每个人的脸往下淌，不过，看到女队员被平安转移，大家都露出了欣慰的笑容。

女医疗队队员参加劳动

医疗队队员参加当地劳动

二、同吃、同住、同劳动

医疗队队员和社员把河滩地改成大寨田

# 三、一切为了病人

许多上世纪六七十年代去过林县的医务人员都曾说过：“林县人民缺医少药的情形如果不是亲身体验，是无法想象的。”正是面对林县人民的苦难，这些当时在北京以至于国际上都享有盛名的医生，来到生活条件极其艰苦的山村以后，就全身心投入到了送医送药、防病治病的工作中。他们走村串队，爬山渡河，迎风冒雪，披星戴月，就像许许多多中国乡村的赤脚医生一样活跃在林县这块贫瘠的土地上。他们为许多人挽回了生命，同时也给那里的人民带去了生的希望和勇气。回首往事，对于过去亲历的艰苦岁月，他们没有一丝的抱怨和不平，唯一的理由就是：医生，就要一切为了病人！

## 1. 北京来的“赤脚医生”

在红旗渠修建成功之前，林县缺水是出了名的。水是人的生命之源，没有水人不能活。所以，雨水、脏水、臭水就成了许多林县农民的生活用水。杨贵在调任林县县委书记以后，下乡调查，亲眼看到了整村人畜同吃一洼臭水的情形。那水臭烘烘、绿莹莹的，浮着白毛。牛、羊等牲口探着头饮水，有的干脆下到水里，踩得池塘淤泥泛起，冒出串串的水泡。更有甚者，喝足水的牲口就在池塘里“哗哗”地尿、屙……就这样，还是不时有人过来，用水桶把水面的漂浮物打散，担上一担水就走。几百年都是如此，没有人在意。没有水，人们根本谈不上洗脸、刷牙。这些都不重要，关键是这里地方病盛行。皮肤病、胃病、甲状腺肿大、食管不通……可是当地群众缺医少药，没有办法，只能干熬着，久而久之也没有人把这当成大事。但这却让年轻的县委书记的心里久久不能平静，下决心解决林县人民的水和病的问题。于是，后来通了红旗渠，来了中央医疗队。

1966 年，院所向林县派出了第一支多学科医疗队，这一批医疗队队员，以后大部分人都成了中国医学界肿瘤领域的著名专家。他们到达林县以后，驻扎在任村卫生院。医疗队的日常工作，除了在门诊和病房看病人外，还要出诊抢救病人，送医送药，每人都要承包下十几或二十个大队，巡回医疗。当麦收时节和修红旗渠的时候，队员们也积极参加。在这里，他们已经不是大城市坐在医院等病人上门的专科大夫，俨然是中国乡村千百万赤脚医生的一员。

1966年2月院所首批综合医疗队赴河南林县，医疗队全体队员在任村公社卫生院与当地医务人员合影

曾经就有人戏称自己是“北京来的赤脚医生”。

在林县除了食管癌高发，其他常见病在农民中也比比皆是。医疗队员们在当地治了不少常见病，治疗最多的是骨折，其次是胃病，再就是妇科病。像接骨、针灸、接生都成了队员出诊的家常便饭。随着工作的展开，医疗队在当地的声望越来越高，群众几乎把医疗队当成了无所不能的神医，各种疑难杂症也都找上门来。记得某村有个小孩得了小儿麻痹症，他的父母找到医疗队哭诉求助。小儿麻痹症当时在全国也属于医学难题，治愈的可能性很小，但队员们还是把这个男孩收治下来，经常给他做按摩，注射有关的针剂。皇天不负有心人，一年下来，男孩竟能扶着椅子走路了，孩子的父母见了禁不住跪在地上放声大哭。

三、一切为了病人

吴桓兴（左一）、李冰（右一）院长到林县姚村公社下陶大队访问患者

医疗队队员到老乡家送医送药

医疗队队员上门送医送药

三、一切为了病人

医疗队队员向病人分析病情

医疗队队员正在给农民看病

医疗队队员在田间诊治病人

医疗队队员在半山腰访问病人

医疗队队员孙燕在巡诊回来的路上

当时林县山区穷乡僻壤，山里的姑娘都愿嫁到山外去，而山外的姑娘却不愿嫁进山里来，所以当地光棍汉特别多。一些稍微富裕点儿的人家就从江苏省更穷的地区找姑娘聘回家做媳妇。林县人民是善良的，这些人家对外来的媳妇一般都很好。林县属于河南，河南以面食为主食，而从江苏来的这些小姑娘自打降生就是吃米饭长大的，来到林县饮食不习惯是一个大问题。婆家怜惜她们，一般会想方设法给弄点大米，但是日久天长，加上当地农民的粮食都不宽裕，哪能总吃米饭！而且还存在着口音不同，水土不服，生活习惯不一样的问题，时间长了，心情郁闷，这些姑娘多数得了现在所说的抑郁症，神情恍惚，与人沟通困难。婆家人把她们送到医疗队，医疗队里有江苏籍的大夫，耐心地给她们做工作，劝解她们，慢慢地这些姑娘都好起来了。以后，她们就成了医疗队的常客，没事就往医疗队跑，看到医疗队队员特别高兴，总有说不完的话。

1969 年，“文化大革命”已经开始了，林县成了中国医学科学院人员下放地区之一。虽然是下放，但所有下去的人员都情绪高昂，因为“文革”把一切都搞乱了，院所许多同志对搞运动感到厌烦，希望能干点有用的事，能够下到林县山区脱离派性斗争，和群众打成一片，许多人是求之不得，心里非常高兴。

不过，这次下去的 14 个人中，大夫并不多，真正的医生只有两三个，其他都是研究人员。起初，这些研究人员跟着当地卫生所做一些医疗工作，也经常会半夜起来跟着出诊，给医务人员当助手。虽然搞基础研究的队员们事先“申明”自己是做研究工作的，不是看病的大夫，并不具备完全的医疗能力，但是吃派饭的时候，纯朴的农民还是极其欢迎他们，尽可能地拿出家里最好的招待，问这问那，让队员们给自己摸摸脉，诊治一下。

基础研究人员在太行山下

队员们面对这些缺医少药的朴实的乡亲，觉得不能局限在自己现有的知识里，应该武装起来。于是他们每个人不管原来学什么、做什么，都力求学习和掌握一些医疗技术。当地农民信服中医治疗，他们就自己买书自学中医中药知识：学针灸，你扎我，我扎你地练习；研究中药的药理，上山采草药。慢慢地在医疗队中他们也开始出诊。不过出诊的时候，还是异常慎重的。虽然那里中药治疗比较流行，每个医生都会开中药药方，但这些研究人员开药方的时候却很少，看病不是儿戏啊！他们多数时候是告诉病人，为什么会得这个病，怎样预防。其实，现在看来，这就是早防早治的开始。

医疗队组织农民们喝草药预防食管炎

林县当地群众信服中医，医疗队队员和赤脚医生上山采草药

## 2. “耍火龙”的大夫

每一个来到林县的医疗队员，对当地群众生活的艰苦和缺医少药都有着深刻的印象并怀着深切的同情，在与群众接触的过程中，他们也深深地爱上了这些纯朴的乡亲，加上医生的良心和天职，使他们全身心地投入到了解除林县人民病痛的工作中，不计名利，不论得失，真正做到了全心全意为人民服务。

1969 年，放射专家谷铣之作为“反动学术权威”随医疗队下放到林县，接受贫下中农再教育。当时，由于条件

放疗科主任谷铣之（左一）同医疗队队员和姚村卫生院医师会诊病人

的限制，医疗队队员不能住在一起，都分散到姚村周围的大队。谷教授每天早晨去下陶村吃派饭，然后到姚村卫生院上班，晚上还要去 8 华里外的西张大队住宿，卫生院里没有病人时就下乡送医送药，巡回医疗。他的腿有病，而所有的路都要靠两条腿来量，为此，许多队员都心疼他。可是他从来没有耽误过一天班，对病人总是随叫随到，没有一点架子，当地人都亲热地叫他“老谷”。后来随着放射治疗的展开，人们开始叫他“耍火龙”的“老谷”。

在林县的地方病中，对群众威胁最大的是食管癌，手术是治疗早期病人首选的方法。可是当地群众不愿接受，一旦做了手术，就意味着丧失了劳动力，在贫困的林县山区，家里一个劳动力就是孩子的学费、儿子的新房、一年的口粮……

手术不肯做，放疗设备又没有，眼看着病人在痛苦中死去，“老谷”看在眼里，急在心上。在他的建议下，院所把放疗科曾使用过的手提式近距离腔内放射治疗的简易设备带到林县治疗患者。于是在 1970 年，具有开创意义的“腔内放射治疗食管癌”开始了。

腔内放射治疗就是用管子把放射源置放到病变部位，进行腔内照射。其设备很简单：一台 X 线透视机，几根带气囊的塑料管的施源器，一个储存钴 60 珠的铅罐，一个 100 毫升的注射器和一间有两个土炕的空屋，这种方法冲破了放疗设备不能下乡的樊篱。由于通过腔内照射可以暂时解决一下患者进食梗阻的症状，减轻患者的痛苦，而且，医生们对患者来者不拒，全部免费，所以一下就被宣传了出去，在姚村周围的患者以及其他省份的患者也都赶来治疗，这无形中增加了放疗医生的工作量。谷铣之他们这些放射科的大夫两年内作了200多例，谷教授亲手做了100多例。此项工作在海牙国际会议上获得了“近距离放射治疗核通奖”，医学界公认他们作的病例最多，作得最好。不过，当时腔内放射治疗没有任何防护设施，都是用手拿着放射源直接操作。所以谷教授这些放疗人员受到的辐射量很大。

“当时没有考虑到自己受到辐射，只是想着怎么为病人好。”

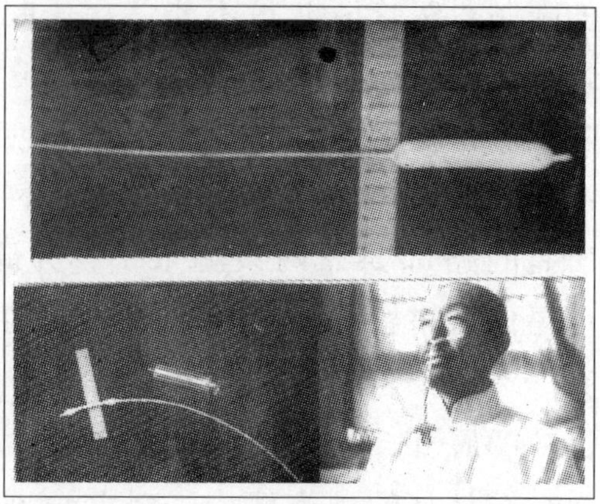

食管癌腔内放射治疗的医疗器械和操作

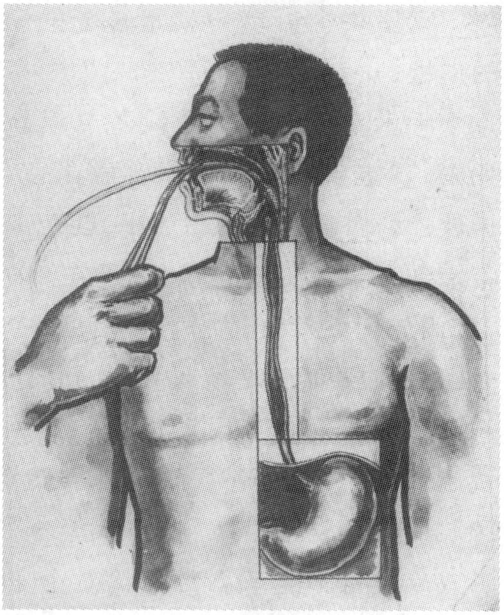

在农村条件下开展腔内放射治疗示意图

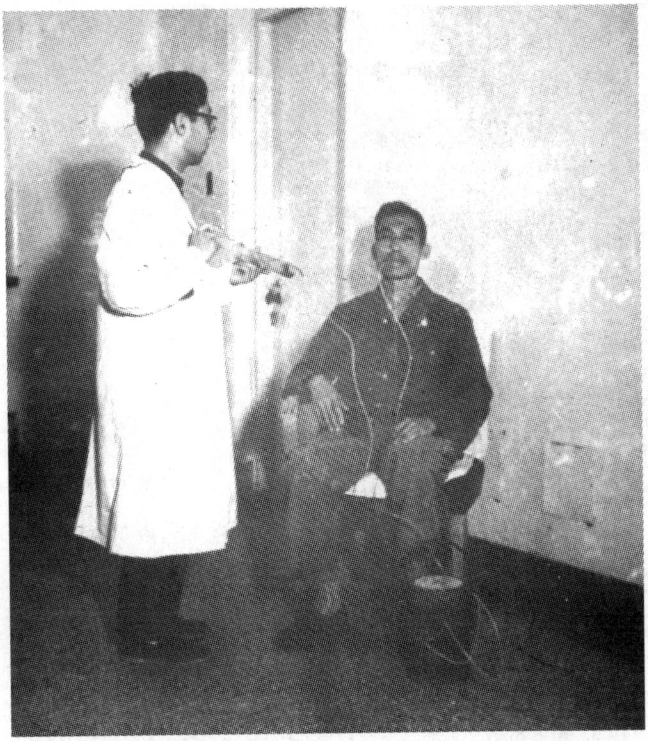

医疗队队员正在给病人做腔内放射治疗

“手拿放射源，人受的辐射量很大。现在我的双手的关节很痛，尤其天气不好的时候，拿东西手就痛。检查过，不是风湿，是放疗时受的量大了。”

“当时没想那么多，毛主席不是教育我们要为人民服务吗？病人食管被堵得死死地，捅捅吃饭就能好些，所以不能不作。”

“四年在林县，生活很苦，但大家没意见，去了就是为病人看病。”

在姚村进行的腔内放射治疗荣获海牙国际会议“近距离治疗核通奖”

现在年逾八十的谷教授回想起“耍火龙”的日子，仍然有种重任在肩的感觉。那份责任感让人不由得肃然起敬。

## 3. 难“请”的病人

“看病难”是当今社会问题之一，病人追着求医生是司空见惯的事，而反过来则很少见。但在三四十年前的林县山区，医疗队员们在下乡巡诊的过程中，一个很难做的工作就是请病人接受治疗。

当时林县山区，生活艰苦，交通闭塞，观念落后。当地有个不成文的说法，就是不能说有病！认为没有病说有病就会变成真的，许多人即使不舒服也不愿说出来。医疗队队员们在吃派饭的时候就看到过这样的情形：一个农民得了食管癌，家里不知道，吃饭吃不下，就到门外吃，到最后实在吃不下了，就把碗翻过来扣在地上，回家说他吃完了。

许多农民也不能接受手术后基本上丧失劳动能力的现实。生活的艰难，使坚忍的中国农民不怕手术的痛苦，手术的费用医疗队全免，也不同问题，但手术后不能挣工分了，却是万万不行。谷铣之教授就曾磨破嘴皮子地动员一位村支书做手术，但是村支书死活不做。最后被谷教授磨得没办法，村支书就说："老谷，你别说了，你看村前的赵某做了手术，干不了活了，现在只能看晒场。我有三年的活头，第一年是全劳动力，第二年是半劳动力，第三年我等死。"第三年，村支书的儿子来找谷教授，说村支书不行了。谷教授去看他，他拉着谷教授的手说："老谷，你看我说的准不准，三年！如果当初我治了，孩子就没学上了，所以我不后悔。"

针对这样的情况，医疗队队员又增加了一项工作，就是上门家访，宣传诊断的科学性，使病人对诊断增加信任度，增强病人对手术疗效的信心，破除病人讳疾忌医的迷信，使其放心接受手术。于是，在医疗队里出现了许多优秀的"思想动员工作者"，他们为劝病人早点接受治疗，几乎说破了嘴，跑断了腿。

有一次，医疗队队员赵志和，劝一名早期食管癌病人到卫生院去做手术，病人怎么也不同意。赵志和就每天来到他家做工作，向他说明早期治疗的益处，如此反反复复不下二十次登门，这名病人终于同意做手术。当时这个大队离卫生院几十公里，病人嫌远，还是不愿意来。赵志和二话没说，推来自行车，带上这位病人就上路了。几十里山路，崎岖不平，一人一骑走起来尚且艰难，更何况还要带人前行。回到卫生院赵志和累得是“人仰马翻”，回头看病人，已然热泪盈眶。

医疗队队员送食管癌病人出院

## 4. 手术室

治疗食管癌，做手术是重要的方式，但是上世纪六七十年代的林县山区卫生院根本不具备手术的条件。当时在林县，治病可以，但不能死人，死了人，家属并不打官司，只是要求大夫帮着买棺材，还要雇车把尸体运回老家。1970 年，医疗队在卫生院开始实施手术治疗，因为第 6 例失败，手术被停止了。

但是面对林县人民治疗食管癌的迫切要求，我院组织

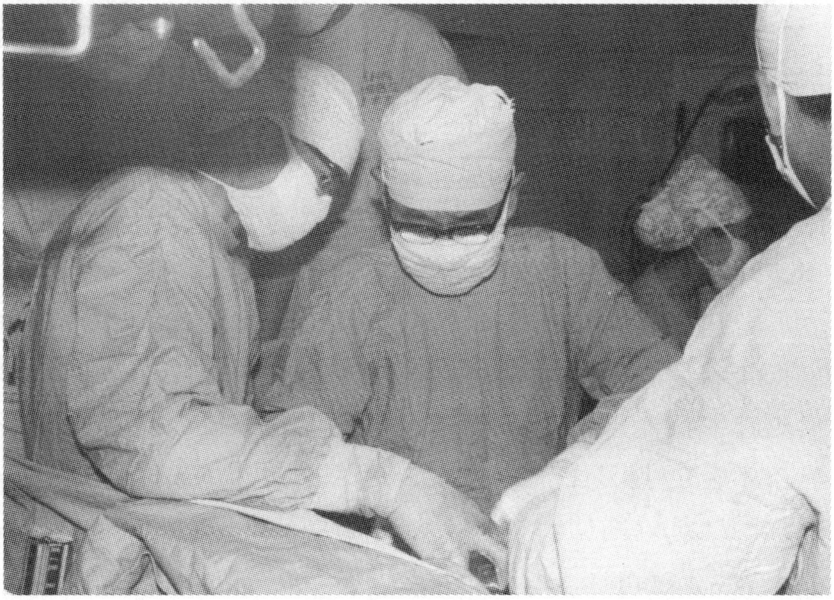

黄国俊（中）在做手术

了大量的专家到林县进行现场诊治，并无偿援助了林县大量的设备。比如像钴60放射治疗机，纤维光导食管镜等当时只有城市大医院才有的先进设备，都出现在林县县医院和公社卫生院的狭小诊室内。1974年，在我院胸外科主任黄国俊教授亲自主持下，将姚村公社卫生院门诊部的二楼改建成了手术室。

这个手术室的简陋程度，在今天看来是惊人的。冬天手术室没有暖气，大门口立着一个煤炉，将烟筒在室内盘旋一周后再延伸到室外，室内温度仍然很低，为了不让病人在备皮时裸露胸部而着凉，情急之下医疗队员只好违反手术室中不能有明火的规定，在地中央烧一小盒酒精，临时短暂升温。

到了夏天，设在二楼的手术室像一个烤箱。大家在房顶上加了一层矮席棚遮挡阳光，但效果不佳，室内仍然热得像蒸笼一样。无奈，手术组便与卫生院的伙房协商，早晨提早供应早餐。在天还没破晓的时候，手术组就开始手术，等到八九点钟，手术室还没晒热的时候，手术已经结束了。队员们跟太阳捉起了迷藏。

就是在这样简陋的条件下，医疗队成功地完成了第一例食管癌切除手术。病人叫袁忠德，2004年刚刚去世，术后生存了整整30年。以后医疗队手术组又连续作了100多例手术，创造了无手术死亡，无重大并发症的优良成绩。这样的佳绩，即使在今天条件完善、设备先进的大医院也是不容易做到的。

2005年我院的工作人员对林县姚村卫生院进行了回访。

经治疗后长期存活的食管癌病人

现在新的卫生院坐落在姚村最繁华的地段，门诊部、住院部、花园等设施完备，手术室、理疗室、腔镜室一应俱全。无论从外观还是从内部构造，怎么也看不出姚村卫生院是一个乡镇卫生院。而老姚村卫生院现在已经成了职工宿舍，医疗队手术组的成员曾经战斗过的手术室已经被废弃，孤零零的矗立在朝阳和晚霞中，许多人不知道在这里发生过的故事，但它的存在就是一座丰碑，记录着一代医务工作者的奉献和牺牲。

# 四、走中国自己的“克癌”之路

上世纪五十年代，全世界每年有30万人死于食管癌，中国患者占其中的一半。中国林县高居世界食管癌发病之首，每3个男人和每5个女人中就有1人死于此病。于是，在中央的指示下，成百名科学家，成千名医务工作者，成万名各级各类人员来到林县，在长达40余年的时间里，经过几代人的艰苦努力，已使中国食管癌防治研究走在了世界的前列。林县现场的建立和取得的成就不仅显示了中国科学家非凡的科研能力和水平，也走出了一条“不能洋人咋搞我们就咋搞”的中国式的科研道路。现在国际上已经公认：要了解食管癌，请到中国的研究现场去！

## 1. 实验室

科研人员刚下到林县，没有实验室，一切需要自己动手。最初，科研组住在姚村公社，没有实验室，就把客房进行了简单的改造。一切都能将就，可做实验没有自来水却是个难题。队员们就自己打井水，冬天很冷，所有人的手都冻裂了。

后来科研人员移驻到了县城里。一切又都自己动手，当时在县医院的院子里有个招待所，医疗队员们把它改造成了实验室。改造时恰逢冬天，队员们全体出动，挖冻土，铺水管。冻土特别厚，特别硬，用铁锹根本挖不动，就用镐刨，一镐下去，只有一个小小的坑儿，把人的虎口都震裂了。铺完水管，接下去拉电线，按上照明灯，在冬天凛

实验室一角

冽的寒风里，那份辛苦实在难以言表。

实验室基本条件具备了，缺少实验的设施又成了难题，还是自己想办法。用队员们的话讲，就是要啥没啥！当时，为了制备标本，没有较好的烤箱，队员们就白天黑夜守在烤箱旁，睡在实验室里；没有蒸馏水，就自己动手制；没有 $CO_2$ 孵箱，就在温箱内点根蜡烛；没有血清，就到屠宰场去参与杀牛。

在这样简陋的条件下，研究人员取得了举世瞩目的成绩。这一简陋的实验室也成为了世界食管癌研究的最前沿，没有人能因为它的简陋而忽视它的存在，因为在它的背后站着一群以代表人民根本利益为己任的科学家，“壁立千仞，无欲则刚”——这样的科学家无往而不胜。

吴旻在实验室

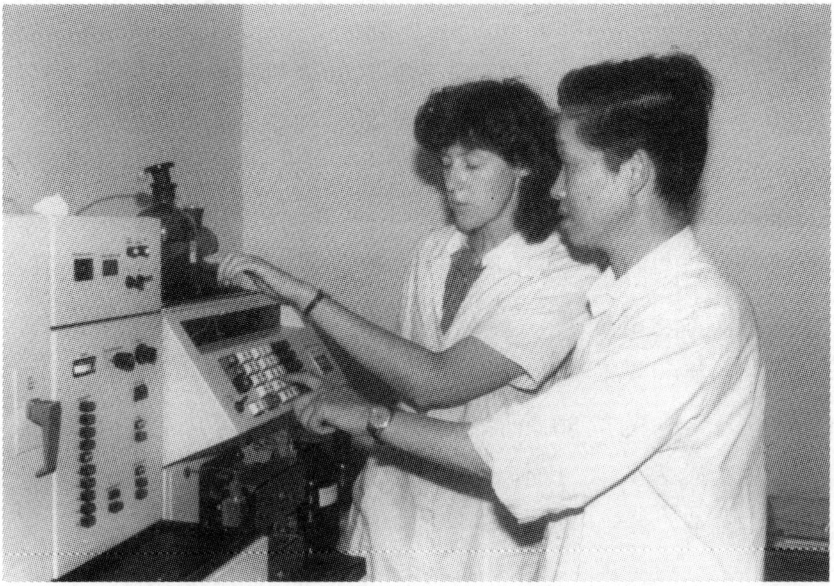

陆士新在实验室

院所食管癌防治小分队和河南省医疗队科研人员在实验室工作

## 2. 规模空前的大协作

1966～1976 年发生在中国大地上的那场“文化大革命”，留给国人的记忆几乎都是惨痛的，尤其是对于中国千百万知识分子而言，“文革”确确实实是一场浩劫。但是在这场浩劫中也有许多知识分子在社会的夹缝中，努力寻找实现生命价值的空间，为这个社会奉献着自己的青春、热血和激情。

此时的河南林县，一群科学工作者为解除当地人民所受的食管癌的折磨，正在进行着一场空前的科研大协作。

1969 年，下放到林县的医疗队员都是各学科的专家，他们对于自己被下放是满怀欣喜的，因为再也不用参加各种运动；再也不用打派仗；再也不用批来斗去，可以完全融入到群众中，可以踏踏实实干点正经的事了。

他们来到林县，很快下到乡村，投入到了工作中。经过第一阶段的适应接触之后，食管癌病人悲惨的境遇给队员们留下了极其深刻的印象。队员们开始强烈地意识到，在这支主要由科研人员组成的医疗队里，虽然诊断治疗不是他们的强项，但可以发挥各学科的优势，联合起来搞研究，从查病因入手，找出解决问题的方法，从源头上节制，最终消灭食管癌。

思想统一了，分工也明确了，自发的大协作也就开始了。在林县科研工作中，这种大协作精神起着非常重要的作用，是所获一切成果的源泉。

1970年科研组在姚村两个大队试点，回顾性调查过去30年内食管癌死亡情况的基础上，与兄弟单位合作，在1971年上半年对林县76个大队，11万多人口，进行了三十年（1941～1970）30岁以上人口食管癌死亡的调查。由于调查的人手不够，科研组就在当地开办学习班，培训人员。许多赤脚医生和卫生所的工作人员都积极参与到其中。当时作这项调查的工作人员没有任何补贴，只是在县里“防癌办”接受培训的时候，吃饭不用花钱。统计数据时，没有什么计算机，就靠手摇的几台老计算器，但是只用了几个月的时间，就把结果计算出来了。

为了验证这个调查的准确性，河南省把1959～1974年的登记资料作了分析，这两个纪录非常吻合。在1974年召开的第11届国际癌症大会上，我国代表小组提出了一系列有说服力的调查数据，引起了国外同行的瞩目，自此中国在癌症研究领域再也不是没有发言权的旁听生，世界开始关注中国！

上世纪七十年代尚没有提出“林县现场”这个词，但是队员们都认为，解决食管癌不能离开林县高发区去搞研究。调查结果出来之后，队员们都受到了很大的鼓舞，增强了信心。1972年是个转折点，当时在林县召开了一个全国中西医防治癌症的现场会。这次会议之后，像河北磁县食管癌、江苏启东肝癌、山东胃癌高发区这些点随之建立起来，之后安阳地区也开始调查。后来，在敬爱的周总理的关怀下，各省、市、自治区党政领导及各级卫生部门的支持下，由以李冰院长为首的全国肿瘤防治研究办公室具体组织领导了1975～1978年的全国29个省、市、自治区395个地市，2392个县，8亿5千万人口中3年恶性肿瘤死亡回顾性调查，以调查数据为依据，编绘出版了《中华人民共和国恶性肿瘤地图集》和《中国恶性肿瘤死亡调查研究》一书，成为中外肿瘤流行病学史上的一大壮举。英国牛津大学著名流行病学专家Richard Doll、美国国立癌症研究所的Peter Greenwald教授评价道：“中国在1976年进行的全国性死因调查所取得的成就，就其规模而言，是医学研究中罕见的。从单纯的流行病学观点出发，这一结果本身就有重大价值。然而，其价值却远不至此，因为每种主要原因的死亡率在中国各地均有十分明显的差别；而且，

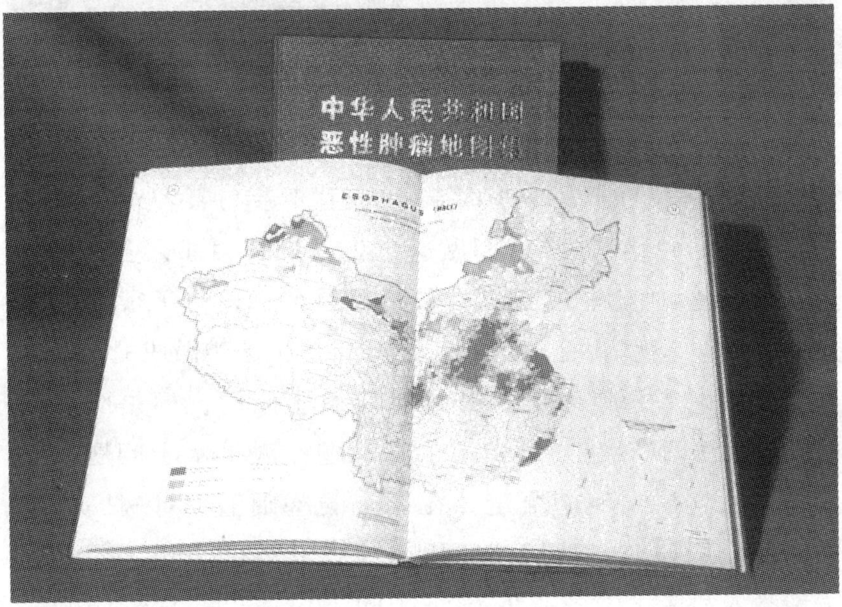


中华人民共和国恶性肿瘤地图集

20世纪70年代，全国死亡回顾性调查出版的几本著作

这种差别之巨大是其他国家所不可比拟的。”

面对取得的盛誉，当时调查的主要参与者罗贤懋教授做了这样的总结：“队员们做这个工作没有想那么多，只是想解决当地的问题。当时国家那么困难，只花了很少的一点钱，所以一些事情，如果真心想干，还是能做成的。”

调查以后，科研人员开始怀疑水土问题，但是队员们对此概念并不清楚，什么是水土问题？说是水土问题，到底是什么问题？他们决定，在调查的基础上，对病因作进一步的分析研究。他们当时没有掌握有效的分析手段，就去请教农科院的专家。农科院的同志对提出的食管癌问题也很感兴趣，曾组织水文、地质、地理这些边缘学科到林县帮助进行考察，看水和土里是不是有问题。对考察得到的数据，怎么分析？我院所没有独立完成的条件。队员们又找到河南省矿业局，地质水文队请求给予协助，有关单位很快答应了，但是他们只能提供设备，具体分析需要队员们自己来做。于是队员们背着行李卷就出发了，一蹲就是几年。经过几年的反复试验，大家惊喜地发现林县土壤中确实缺少微量元素钼。这个研究发现为以后林县食管癌的防治提供了一个主要的契入点。

“没有这个大协作，以当时的现状，这个研究结果出不来。”罗贤懋教授说。

上世纪70年代初期，河南省水文队同医疗队科研人员在姚村取水样

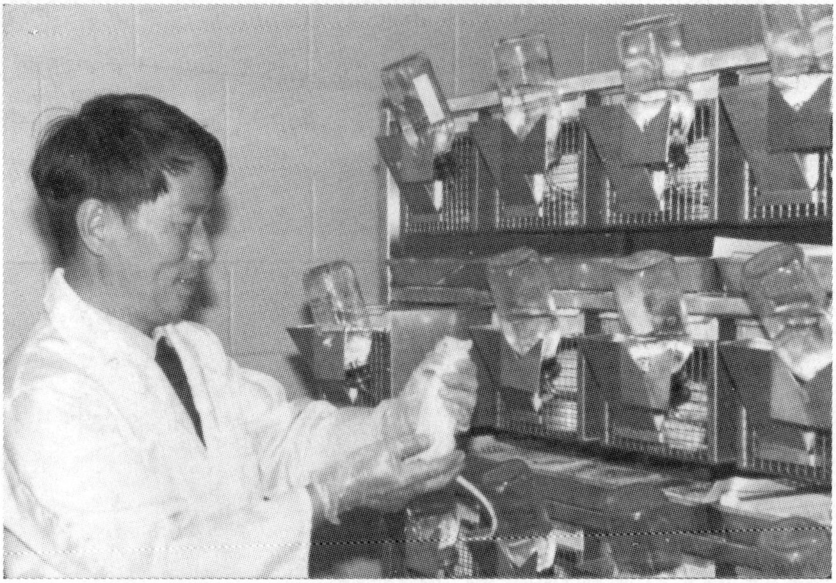

营养与癌研究室罗贤懋在做动物试验

发现缺少钼以后，便着手解决这个问题。经过反复研究，队员们找到了一个最简单的办法——给药。对于钼的研究超越了他们过去研究的领域，如何进行弥补？他们请农科院协助，在林县作试点。队员们经过打听，购买了化学试剂，并开始筹划选择试验点。谁知这个消息一传开，得到林县领导和群众的大力支持，许多单位愿意承担这个实验。1975 年选了 9 个公社，1976 年又重新作了一次，选了 400 多个大队，15 个乡。1976 年接受试验的大队都写出了试验报告，证明使用钼肥确实可以大量增产。初显效果之后，队员们协同有关单位加大推广种植面积，最后达到 20 万亩。

国家科技成果证书

证书编号：003877

项目名称：钼在食管癌病因、发病及预防中的作用

完成单位：中国医学科学院肿瘤研究所

国家登记号：892316　　登记日期：1991年3月

中华人民共和国国家科学技术委员会

钼与食管癌关系的研究，被授予国家科技成果奖

给农作物施钼肥

这场规模空前的大协作是我院所科研人员非常难忘的一段工作经历，他们将自己工作成绩的取得都归功于此，并说：“是林县培养了我们！”

## 3. Eca－109

Eca－109 是食管癌细胞系的一个代号。Eca 意指 Esophageal Cancer，而“109”就像为人所熟知的“666”杀虫农药一样，表明经过 109 次试验才获得成功。而这个成功是医疗队的科研人员在林县县城一座破旧的院落里，在没有什么像样的设备的条件下克服重重困难完成的。

上世纪60年代末和70年代初，以潘琼婧教授为首的科研小组开始从事建立食管癌细胞系的工作。所谓建立细胞系是指从食管癌病人手术切下的标本中取得小块组织，将它们剪碎，然后将这些细小的组织块（通常是1~2mm）接种到培养液中，待到这些小组织块紧贴在瓶壁后再续以营养，即让他们浸没于加有小牛血清的培养液中。如果一切顺利，癌细胞会在一周或更长一点的时间里从小组织块中外长出来，如果再能够一代一代地传下去的话，那么细胞系就算建立成功了。在此基础上便可以进行有关食管癌细胞生物学特性的一系列研究。

过程是如此简单，但是科研的成功往往还需要研究人员的素质和一定的实验条件，外加一点“机遇”。在林县，科研人员都是精兵强将，机遇垂青有准备的头脑，这两项都不成问题。问题是林县现有的实验条件太差，给研究工作带来了许多无法想象的困难。

首先是培养的细胞对血清的要求很高，当时国内还没有专门的血清供应，更不敢想有什么Sigma或是Gibco。为了解决血清问题，科研人员自己联系牧场，自己去拉小牛，自己屠宰。每逢此时，都要全体人员一起出动，七手八脚把小牛捆在石凳上，切开小牛颈动脉，插入吸管放血。实验要求血清是许多牛的混合血清，这里只有一头牛的血清，而以这样的方式取来的血清很难保证质量，成功与否还要靠点运气。

另一个主要的困难是没有$CO_2$孵箱，而且还不时停电。

科研人员不得不用土办法，在温箱内点根蜡烛，由它产生一点 $CO_2$，但其浓度很难把握；有时在温箱里放几瓶热水，也不知道温度会升高多少。大家只能在一次一次的失败中总结经验。

潘琼婧教授（第一排左四）主持的“人食管癌细胞系 Eca－109 的建立及在肿瘤研究中的应用”的课题获国家科技进步二等奖

Eca－109 就是在如此的条件下，通过科研人员坚持不懈地努力建立起来的，获得了国家科技进步二等奖，现在这个细胞系经常在研究中使用。今天面对设备优良的实验室，再回想当年我们科研人员自力更生的艰苦岁月、做出的科研成果和科研贡献，科研人员只有加倍努力，才能无愧于前辈。

## 4. 人体试验

现在每研制出一种药物，检验药效常常要找志愿者。但在上世纪六七十年代，科研人员研制出新药，这些志愿者就是医疗队队员自己。他们在承担自己份内工作之外，常常毫无怨言，自愿承担起临床药物试验的重任。

“那时大家都有工作热情，认为不能拿阶级弟兄做试验，也不能拿阶级敌人做试验，所以只有自己试。当然现在看这种试验方法的科学性是不足的，现在用于临床的药物要经过一定数量的对照试验才能推广应用。可是，当时的工作热情和献身精神是值得肯定的。”老队员郭润兴说。

当时，下到林县的科研人员曾经研究一种叫“抗癌乙片”的药物，因为没有在人身上试验过，不知道具体应用的剂量是多少。不能在病人身上试验，找当地人也不行，只有在医疗队队员身上试！当时队里的几个年轻人自告奋勇充当志愿者。试验先从小剂量开始，最初队员们没有什么反应，当剂量加到8片时，反应开始出现，恶心、头晕、心跳加快……这几个队员凭着坚韧的毅力和年轻的好体质硬是挺了过去。经过一段时间的试验，科研人员确定出了准确的剂量，为以后的临床应用奠定了科学的依据和宝贵的资料。

为此这些队员受到了表扬，但他们却说：“我们没觉得自己有多高尚，这仅是一项工作，而且是我们自己的工作，自己的工作当然不能额外要报酬!”

在谈到人体试验，许多医疗队队员都不约而同想起了葛铭。

葛铭，这位毕业于上世纪60年代初的大学生，为响应毛主席“把医疗工作的重点放到农村去”的最高指示，毅然放弃城市相对舒适的生活，带领全家落户于贫困的林县山区，立志要把青春献给党，献给农村的医疗事业，献给“将食管打通”的事业。

在林县，葛铭也是真诚地为实现这个愿望而努力工作着。他曾走乡串队，从事过食管癌的流行病学调查；他也曾翻山越岭，从事农村常见病的治疗；但最终他把全部身心投入到了食管癌的基础科研工作中来了。他在建立食管癌细胞系和食管癌细胞的细胞生物学、细胞遗传学研究方面都做了很多工作，成绩也是有目共睹的。让医疗队队员们记忆最深刻的是他为科学献身的精神。有一次，为了探索肿瘤组织的免疫治疗作用，他毅然取来食管癌组织，略微煮沸了一下，切开自己的大腿就埋植了进去，他的这一举措受到医疗队和当地群众的无比敬佩。

当地学生举行乒乓球比赛，葛铭是教练兼裁判员

## 5. 水样、尿样和标本

为了预防食管癌，科研人员从各方面寻找病因。他们走遍了林县食管癌的高、低发区，调查研究人们的粮食、蔬菜、饮水、营养、气候、土壤、生活习惯、遗传等几十个项目，并取得了令人瞩目的成绩。这些防治和科研的成果于艰辛之中诞生。

科研人员在完成了 1941 ~ 1970 年林县几十万人死亡回顾调查之后，确信林县的水土有问题。于是，其中一部分科研人员开始对水进行检测。这是一项比较艰苦的工作，因为水井散置于各个村落，把所有水井的水样取完，不知要跋涉多少里路程，对水样的监测还要求连续，所以不管刮风下雨，这项工作都要坚持进行，不能间断。

医疗队队员冒雨检测水样

科研人员手绘的水井分布图

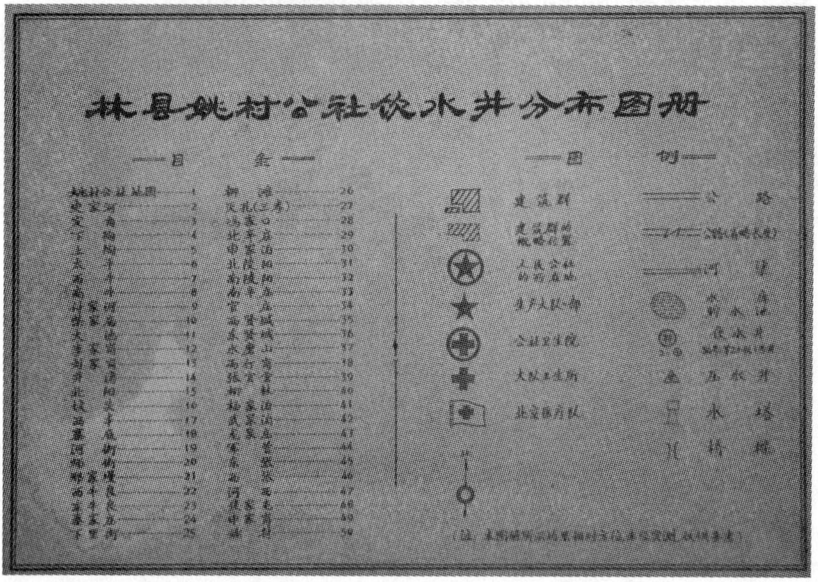


姚村水井分布图册的目录

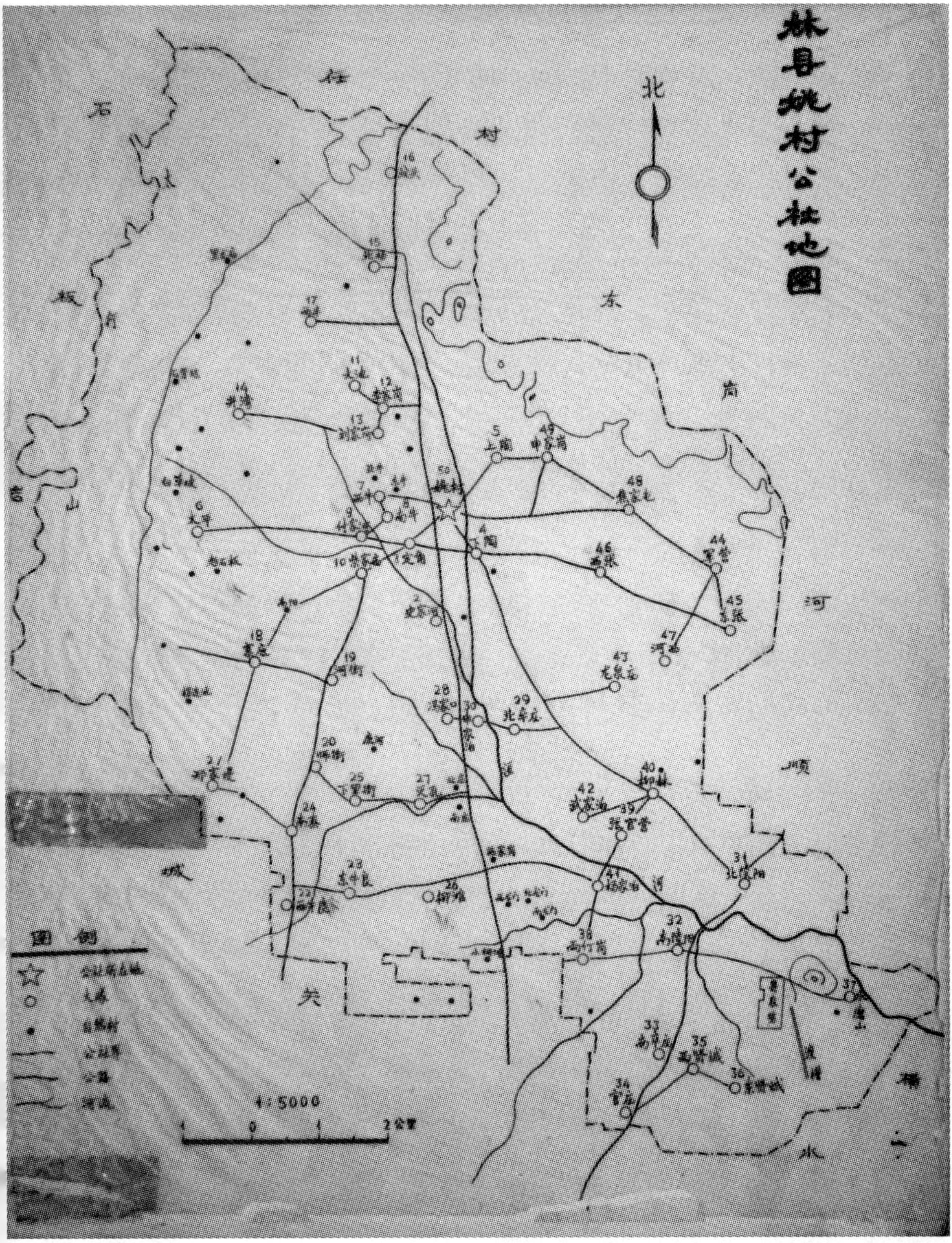


精美的手绘图

经过调查，发现林县与其他地区的土壤中的微量元素有所差别。为了改变土壤微量元素的含量，科研人员参加种地，分析哪种施肥方法可以使粮食中所含微量元素增加又不致减产。为了取得调查结果，他们还做了很多医务人员“分外”的艰苦工作。当时自行车都没有，靠两条腿跑遍华北大多数地区。有些试验设备由于我院没有购置经费而只能自带行李到外单位去做实验，一干就是几十天。

为了掌握亚硝胺在人体的摄入和排出状况，科研人员一大早就赶到社员家中倒尿盆；为了取得一天24小时的尿样，他们就拎着桶跟农民下地；为了弄清硝酸盐在胃中是否转化成亚硝胺以及维生素C是否可以阻止亚硝胺在胃中的合成等问题，他们到猪场参加喂猪和杀猪，以便取得猪胃内容物来进行分析。

有的女同志为了将标本带回北京，买不到火车坐票，便一路站到北京，天冷时怕把标本冻坏，就将标本抱在衣服里面。现在看来简直不可思议，可是当时没有人计较这些，大家想的只有一件事：踏踏实实把事情做好。

# 五、打一场防癌的“人民战争”

几百年来，“噎食病”成为盘踞在林县这片贫瘠闭塞的土地上的瘟神，它让许多原本不幸的人们又受尽折磨，使千百万贫寒的家庭更加雪上加霜。在旧社会，无助的人们只能向“喉爷庙”的神像祈求庇佑；在新中国，中央医疗队使苦难的人们看到了希望。他们要带领人们打一场防癌的“人民战争”……

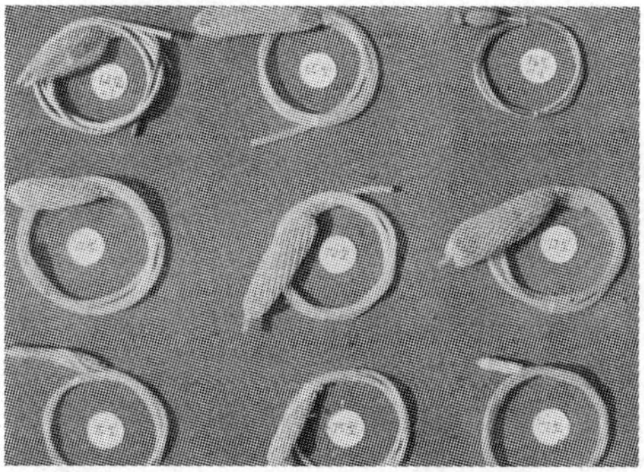

各种型号的拉网器

## 1. 拉网大普查

在林县，除日常医

李冰院长与沈琼教授（右）在河南林县姚村公社

疗工作外，防癌普查也是医疗队队员们的一项重要任务。林县最早的食管癌普查以症状和X线检查为主要手段。河南医学院的沈琼教授发明了一种气囊拉网细胞学诊断法，以后普查就采用拉网的方式，经过不断的改进和发展，这种方法沿用至今。

上世纪六七十年代的林县工作与生活极其艰苦，但工作中最辛苦的要算拉网大普查了。因为普查要赶在农民还没有下地，早饭前进行，所以每次普查队员们一般在凌晨三点起床，四、五点钟赶到生产队，七、八点钟就要查完一个大队。这样的普查通常要连续进行十几天甚至一个多月。在多数情况下，不论多高的山，多远的路，普查用品全靠医疗队队员徒步肩扛手拉或挑着担子带下乡。后来下乡普查有了大卡车，赶在春天普查还好，如果赶上冬天普查，坐在大卡车里并不是一件舒服的事。在冬天凛冽的寒风里，卡车颠簸着在乡间崎岖的土路上艰难前进，清晨到达普查的边远村庄时，站在车厢边上的队员们的棉帽上和眼睫毛上都结满了霜。

拉网普查，一年两次，通常在春末冬初。通过对18岁至60岁的男女公民进行普查，搞清楚林县食管癌的发病情况。由于人员流动很大，加上其他一些原因，拉网普查就成为一项特别大的工程。

1974年1月，姚村公社食管癌普查动员大会

普查前首先要做好动员宣传工作。当地农民虽然世代受着食管癌的威胁和折磨，但防治意识并不强，如果没有什么症状，他们根本不信自己得了食管癌；加之拉网有一定的痛苦，农民们对拉网并不积极。每次拉网普查之前的宣传动员工作是必不可少的。上世纪六七十年代，正处于人民公社时期，村干部在村里都有着绝对的权威，每次医疗队都请村干部协助动员。村干部头一天用大喇叭通告全村，即明天所有达到普查年龄的人员一律不准外出，早晨可以不出早工，但工分照算；不去的没有好果子吃，罚！除了村干部的“软硬兼施”，医疗队的指导员也要去村里趁热打铁做一个报告，向群众宣传党中央对当地食管癌的重

参加普查后，拿着医疗队提供的早餐回家的农民

视，尤其是周总理的关怀，并且特别强调，拉网查出来的食管癌病人将由肿瘤医院免费给与治疗。这样的宣传动员活动总是颇有成效，保证了较高的普查率。

等到普查那天，凌晨三四点钟，医疗队队员就起来开始做准备了，拉网需要用的各种器械，拉网过程中可能会遇到的突发事故，都要想到并做好预案，外科、内科的大夫都要参加。冬天冷，普查人员在现场要拢上几堆火，才能把普查进行下去。队员们要给每个做过拉网的人涂三到五张片子，并要细致地标好姓名、性别，以免弄错，队员们回来后就马上对这些片子进行处理。如此，一天下来人困马乏。但第二天又到下一个大队重复上一天的工作程序，仅把姚村周边的村队普查下来，就要一个多月，这对每个

冬天普查的现场

普查现场

队员的体能都是极大的挑战。

普查的过程通常也不一帆风顺的。队员们到达预定的普查点，有时要挨家挨户去动员农民来做拉网。有的农民不愿意来，有的虽然来了，但看到拉网管往下咽时难受的样子，转身又跑掉了。遇到这种情况，队员们就当着被普查对象的面，自己做示范，以消除他们的恐惧感。说实话那滋味是够难受的，气囊刚一放进喉管里，不用往下进行，鼻涕眼泪就都出来了。可是大家尽量不露声色，表情尽量轻松，否则，便前功尽弃了。

对于自己做出的牺牲，队员们说：“我们自己给自己拉，气囊还没吹起来，相对还好受些。给群众拉，气囊吹

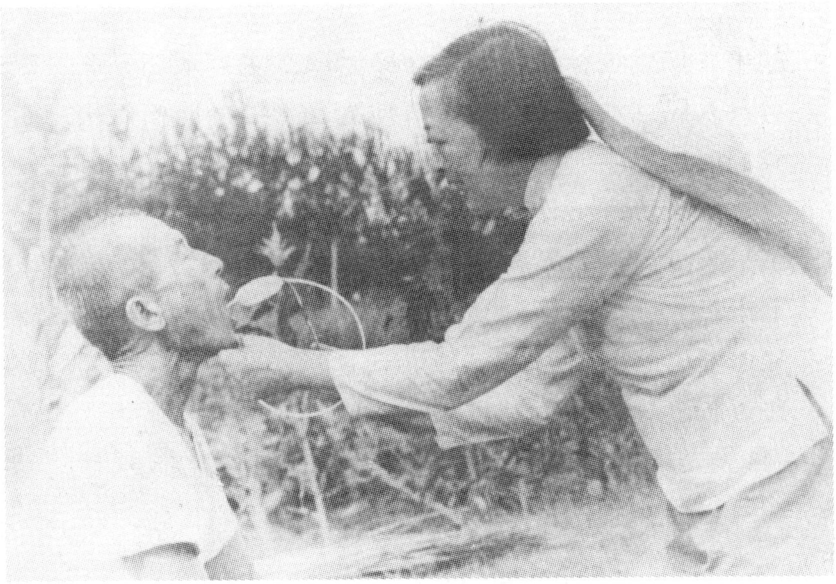

细胞学室主任杨大望在现场为农民诊断食管癌

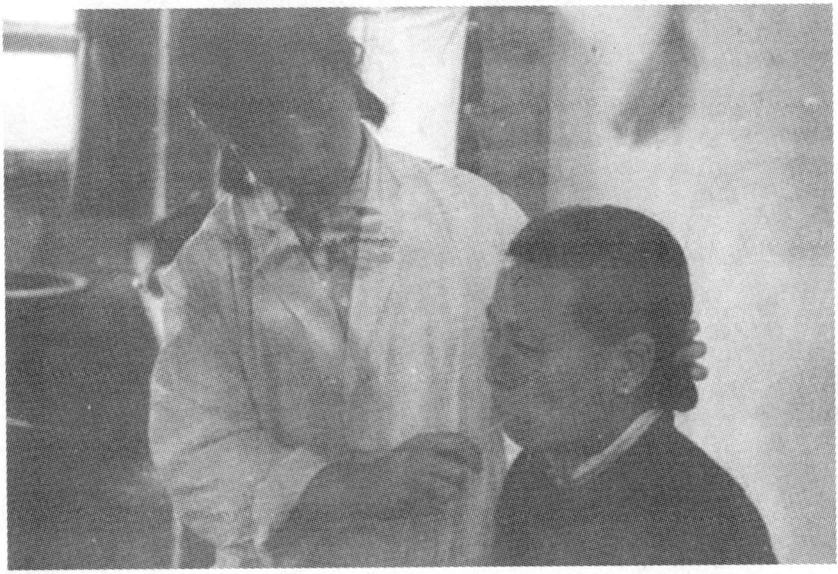

医疗队队员在拉网

起来后，更难忍受。尽管这样，那么多群众还是非常配合。林县人民这种坚强的抗病精神为食管癌的防治做出了贡献，我们应该感谢他们！”

由于普查工作量大，需要的人手多，医疗队分期培训了一大批当地的赤脚医生。最忙的时候医疗队队部里住过七十多人，医疗队的队员、当地的赤脚医生、安阳等一些兄弟单位的工作人员都参加到这项工作中来。浩浩荡荡的普查队伍造成了强大的声势，在当时起了很好的宣传作用。回想起当年拉网普查的盛况，许多人都记忆犹新。

1974 年大普查举办的培训班

## 2. 集市上的小锣声

随着医疗、科研工作在林县的展开，越来越多的人们认识到预防食管癌的重要性，食管癌手术再怎么成功、放疗效果再怎么好，不如不得这个病。从历届医疗队的队长到队员们都非常重视预防这项工作，并在不同时期取得了不同的成就。群防群治“三、五、七”[1]的宣传就曾经搞得轰轰烈烈。

---

[1](1) 三早：宣传食管癌早期发现、早期诊断、早期治疗的好处。组织高危人群参加普查，并安排治疗。

(2) 五项综合治疗食管癌的措施：防霉：包括修建合格晒场、合格粮仓以防潮防热，不吃发霉食品例如酸菜、霉菌污染的粮食、薯干片、干萝卜条或丝。去胺：减少亚硝胺和亚硝胺前体物亚硝酸盐的摄入。包括保护水源、改进水质，打深井，建水塔，修过滤池，改进井周卫生，勤洗水缸，把积肥堆、家畜圈迁出村外。施钼肥：包括喷洒、拌种，施微量钼肥。治疗食管上皮重度增生病人：定期普查，对重增病人进行治疗。改变不良生活习惯：提倡每天刷牙，不做酸菜，减少室内煤烟污染，不吃温罐水。鼓励多吃新鲜蔬菜、瓜果、豆制品等合理饮食，改进住家卫生条件。

(3) 宣传早期食管癌的七个症状，对有以下症状的人群，劝其早去医院检查治疗：下咽食物时有梗噎感；胸骨后疼痛；下咽时食管内疼痛；食管内有异物感；食物通过缓慢，有滞留感；咽喉部干燥紧缩感；胸骨后有闷胀感。

上世纪七十年代中期开始，医疗队每个小队的防癌员除口头宣传外，还利用墙报的形式宣传。当时的墙报多是在墙头抹上一块黄泥，再用墨汁涂黑，便成了“黑板”。2005年在对林县姚村老卫生院进行回访时，笔者就在现已成为职工宿舍的老卫生院的一面墙壁上发现了“防癌”宣传的板报。这块板报，上面的字是用白漆写上去的，虽然字迹有些模糊，但还是可以看出这是一个有关群防群治“三、五、七”的宣传。院里的老人们说，板报是医疗队驻

食管癌防治小分队到大队做宣传

医疗队制作的宣传板报

扎在这儿时写的，有几十年了，内容他们都能背出来。

当时，为搞好宣传，医疗队当时想了不少办法，下了不少功夫。他们帮助当地创建了一个文艺宣传队，通过各种喜闻乐见的形式，向群众宣传早防早治的重要性。医疗队队员还跑到学校向学生们宣讲防癌的意义，通过孩子来影响他们的父母。医疗队和卫生院联合举办了一个展览室，当地群众踊跃组织参观，队员们也不论白天晚上都热情地宣传和接待。这些工作没有白费，在以后的岁月中，都潜移默化的发生着积极的作用。

记得初秋的一个清晨，张玉花等五位老大娘从红旗渠

食管癌防治小分队在田间地头向农民宣传食管癌防治知识

分水岭附近的坟头大队，下山走了十多里来到姚村医疗队驻地，主动来做细胞学拉网。过了几日又有很多人主动前来拉网普查。他们说：“俺在村里看了画片，你们把噎食病都说清楚了，吞管是难受，可俺想了想，有了病发现得晚不比吞管更难受吗！”

在林县，农村的集市都是当地最热闹的地方。于是，医疗队的宣传员，拿着食管癌的标本，敲着小锣，向群众宣讲“三、五、七”。小锣一响，引来许多人围观，热热闹闹的场面成了集市上的一景。

教授敲锣宣传更是成了一大新闻。病理学家刘复生教授在上世纪七十年代初来到林县，从事食管癌病因学的研究，他在研究中发现林县高发区的鸡、羊竟然也生食管癌，

林县食管癌防治委员会主任委员杨贵同志（右三）在红旗渠工地宣讲食管癌防治

这一发现让刘教授异常兴奋。为了收集当地鸡和羊的标本，他亲自跑到集市上敲着小锣，向农民宣传，希望农民将家里长了瘤子的鸡和羊送来做实验研究。结果还真的有效，农民对食管癌有了深刻和实际的认识后，主动将家里生了瘤子的鸡和羊送到医疗队，至此他们研究组收集到了上万只动物标本。经过对来自不同发病区的动物标本进行对比研究后，发现了林县动物的发病地区与人群居住的发病地区相同，从而证明了林县环境中确有致病因素。

五、打一场防癌的“人民战争”

刘复生（右二）和医疗队队员到农户家普查鸡食管癌

鸡食管癌

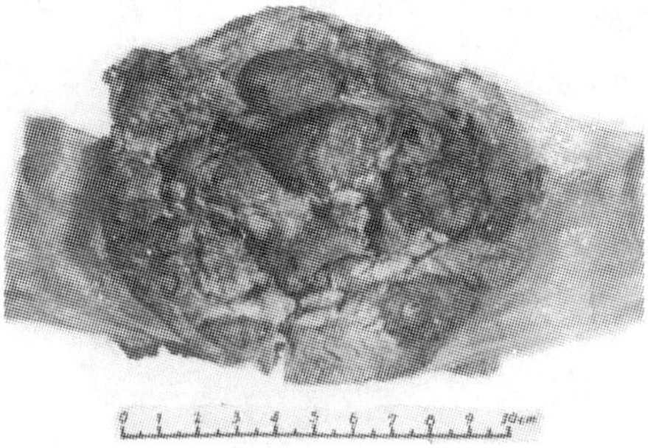

羊食管癌

## 3. 一场移风易俗的革命

几百年来，贫穷的林县群众主要的食物就是糠饼外加酸菜。糠饼由谷糠加点棒子面煮成，又粗又硬，由于群众忙于生计，疲于奔命，吃饭时也不会细嚼慢咽，这就直接导致食管的磨损。在切除的食管癌病人的癌变组织上，医务人员就曾看到谷糠的壳扎在了食管壁上。酸菜，在林县又叫“沤缸菜”，秋天的时候，人们把萝卜缨子和树叶沤在缸里，不加盐也不加醋，一个月后就成了酸菜。林县农民就以此作为佐餐的菜蔬。除此之外，在干活饥渴的时候，人们习惯抄起水瓢舀上半瓢酸菜水解渴，漂浮着白毛的酸菜水里面含有大量致癌的亚硝酸盐。至于像新鲜菜蔬，鱼、动物内脏这些有营养的食物，林县人根本不认，更别说吃了。林县人蹲着吃饭的生活方式，也是弊端很多，下咽的食物直接冲击贲门，造成消化系统的疾病。

林县缺水，在红旗渠引来水之前，人们喝雨水、脏水和臭水。由于人们都使用自家的水桶打水，水桶底部粘着各种脏东西，甚至有家畜的粪便，井水污染很严重。为了省柴火，山区农民家的灶台上有一个装水的温罐，平常渴了就喝罐里的温水，经测定，温水里的亚硝酸盐含量和细菌指标都严重超标。基本的饮用水尚且不足，更谈不上刷牙、洗脸，卫生条件很差。

医疗队来到林县以后，开展了全面的病因调查研究。

科研人员从林县群众吃的酸菜和发霉的粮食中检出了致癌的霉菌、亚硝胺；并且发现食物和水中缺少钼、锌、硒等微量元素；膳食结构不合理，饮食中缺少新鲜蔬菜、油类和动物性食品，这些都可能是导致食管癌变的危险因素。

于是，医疗队队员在贫穷落后的林县大地掀起了一场移风易俗的革命。

这场革命首先是从吃上开始的。为了号召群众不吃糠饼和废止酸菜，多吃蔬菜或附加维生素A、B、C，队员们做板报，办展览，到学校去宣传；为了提倡刷牙，改善口腔卫生，保护牙齿，预防牙齿过早脱落，队员们在下乡巡诊时，背包里装着不少牙膏牙刷；为了宣传“粗粮细做，细嚼慢咽”，以减轻对食管的磨损，队员们经常在吃饭时间四处宣传和动员。

医疗队制作的注意饮食卫生宣传画

医疗队制作的保持口腔卫生，勤刷牙宣传画

对于蹲着吃饭，医疗队员最是煞费苦心。队员们磨破嘴皮地动员农民们回家坐着吃饭，但世世代代传下来的生活习惯不是说改就能改的。有些人对于队员说的害处并不以为然。实在没办法，每到吃饭的时间，医疗队的队长就带着几个队员骑着自行车一路劝下去，把农民逐个往家请。但农民们经常在医疗队队员走过去之后又端着碗回来，仍旧端着碗蹲在路边吃饭。几百年来，林县人祖祖辈辈都是这样生活，习惯的改变谈何容易！

与此同时，在喝上也进行了变革。医疗队队员和社员们一起打深井，建水塔，过滤红旗渠水和浅井水，进行井水漂白粉消毒，要农民勤刷水缸，用公用水桶打水，保持井台的公共卫生，动员人们不喝温罐水，要喝开水。

食管癌防治小分队建议农户如果用水缸储饮用水，夏季每2－3天，冬季每周洗刷水缸一次，图为农户在刷水缸

五、打一场防癌的“人民战争”

医疗队队员对红旗渠水进行漂白粉消毒

为了保持浅水井的水质，要修高井台，防止污水流入，设专用提水桶，定期消毒，图为医疗队给水井消毒

在医疗队的倡导下，农户们勤晒被褥

医疗队队员凭着一颗诚心，一片真情，埋头苦干，渐渐使林县人的生活面貌发生了改变。现在，高发区的群众普遍懂得了不吃霉变的粮食，不喝不洁净的水，讲求个人卫生，多吃蔬菜和豆类食品。改进饮食结构，科学合理地施肥改良土壤，新的生活、新的健康意识正在新一代农民中形成。

原林县县委书记杨贵曾说：“几千年来，林县谁养过鱼?，当地人嫌鱼腥气，净骨头，卡人。红旗渠水引来以后，鱼被冲到田里，农民见了，一锄头把鱼铲成两节，然后埋在地里。如果谁吃鱼，群众还会笑话。医疗队来了，告诉群众应该吃什么，不该吃什么。现在，林县人都知道，鱼呀、虾呀是好东西。林县饮食文化的改变跟医疗队有关。医疗队不仅给林县人民带来了高明的医术，也带来了文明，咱们的医疗队为林县人民是立了大功的！”

定期对厕所进行喷药灭蝇

五、打一场防癌的“人民战争”

过去林县人存放粮食的米缸

林县人学会了科学储粮，图为农民在自家小院晾晒玉米

修建合格的粮仓，防潮、防高温、防霉、防虫、通风

修建后的合格晒场，使粮食充分晒干，防止霉变

五、打一场防癌的“人民战争”

食管癌防治小分队队员协同当地居民打深井，改进饮水质量

修建后的水塔，土法制做自来水改进水质

五、打一场防癌的“人民战争”

红旗渠水的过滤装置，改良水质

修建红旗渠水的过滤装置，并加漂白粉，杀灭细菌，减少亚硝胺

粮食收割，快打快收，充分晒干，防止霉菌污染

# 六、留下一支永远不走的医疗队

四十多年来，医疗队队员来了又走，走了又来，他们“舍小我，为大家”的工作精神和工作态度，不仅给绝望中的病人带来了生的希望，也激励了当地一批又一批的医务工作者献身于肿瘤防治事业。岁月如梭，当年缺医少药的林县，如今已成为全国闻名的食管癌防治基地，每年有成千上万的食管癌病人来这里接受治疗，当年要为林县人民“留下一支永不走的医疗队”的夙愿已经实现……

## 1. 乡村医生与“A、B、C”

1966 年，院所正式派出第一批多学科组成的医疗队来

1973 年食管癌防治小分队举办了西医学中医学习班

到了林县偏远山区任村公社驻扎，破旧的任村卫生院给从大城市大医院来的医疗队队员们留下了深刻的印象。一所仓库式的破旧院落，若不是看到有些房间外面挂着门诊处、取药处的牌子，谁也不会相信这就是负责任村和附近十里八乡群众健康的唯一医院。更让大家想不到的是，这个医院只有一名西医，小手术做起来都困难。有一次，正在参加劳动的哈献文大夫，被院里医生的小徒弟急急地喊了回去。原来这位医生给病人做扁桃体切除术，切了以后病人不断吐血，医生不知道出血的原因，更不知如何处理。通过这一件事故，大家深切感到了这里人民“就医”的困境。1969 年，医疗队改到姚村驻扎，姚村的情况比任村稍好一点，但医务人员仍然奇缺，技术水平落后。一个村干部得了盲肠炎，几个月都出不了院。这些都让队员们深切地感

上世纪70年代初医疗队队员在卫生院给赤脚医生上医疗卫生课

1978年在姚村周际昌给赤脚医生讲课

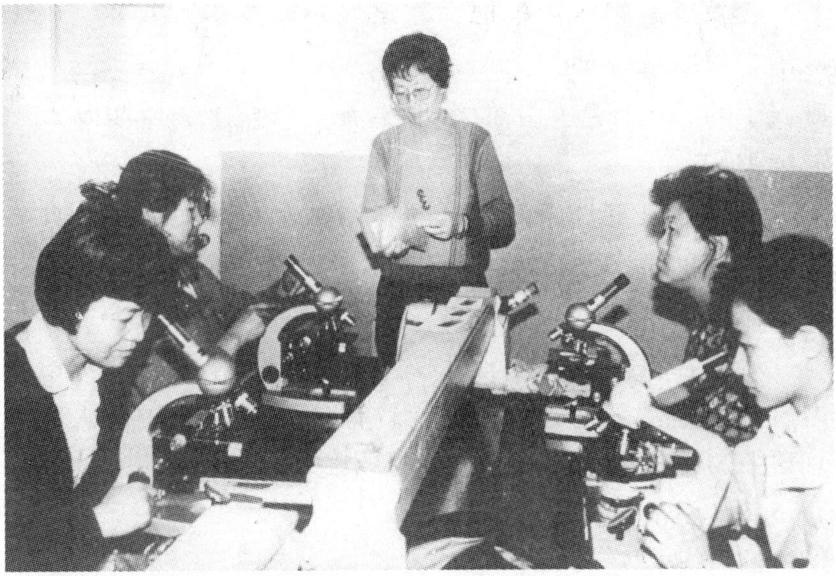

细胞学室刘树范在现场举办学习班

到，应该大力培训当地医疗人员，让他们尽快全面地掌握医疗技术，从而给当地人民留下一支永远不走的医疗队。

于是，医疗队在林县的工作，除了送医送药，调查研究，另外就是培训当地的赤脚医生和医务人员。队员们通常白天出诊，夜晚开班讲课，四十几年来一直如此，即便在条件恶劣的“文革”时期，这种教学活动也没有停止。

“文革”期间受环境所限，年轻人虽然想学，教授们也想教，但又不敢。

谷铣之教授看到这种情况后很着急：“年轻人要学知识，不管什么条件下，没有知识和技术，不能解决实际问题”。

谷教授他们白天手把手教这些年轻人医疗技术，晚上政治学习后就教他们英语，从“A、B、C”学起，这些被耽误了的一代青年如饥似渴地学着，乡村卫生院里从此响起读书声。

谁想好景不长，教英语的事情被上级知道了，为此谷教授遭到批斗，被质问：“反动学术权威要把社会主义青年带到哪里去！”

看到谷教授被批斗，几个年轻人都哭了。自此英语学习虽然被停止，但是这次启蒙教育却使那几个年轻人认识到了学习英语对做一个好医生，对于掌握国际先进的医学知识和信息的重要性。

## 2. 县城里的肿瘤专家

过去，林县因为修了红旗渠而享誉全国，如今林县又因为在食管癌手术方面的成绩而备受业内人士关注。现在经过林县的医院，会看到高高悬挂的广告牌：我院主任医师×××，全国著名肿瘤专家。这些专家，在食管癌手术方面都是独当一面的人物，许多外地的患者都奔他们而来。然而，他们在成长为专家的过程中，几乎都与我院派出的医疗队结下了不解之缘。

从姚村卫生院调到中医院担任副院长的常扶保，在现在的林州市是家喻户晓的肿瘤专家。1969 年他在姚村卫生院工作时，还是个刚满 20 岁的毛头小伙子。医疗队来了以后，他跟随专家学习医疗技术，教授们手把手教，他也一心一意地学，非常努力，进步很快。1979年，常扶保被送到我院进修。当时，肿瘤医院住房紧张，很多工作人员挤在一间屋里，一般工作人员连桌子都没有，只有研究生才有张旧书桌。院里还是挤出一间房给他，在生活上尽可能地照顾。李冰院长每月都会叫他到自己家里吃饭，给他改善伙食，询问他的学习情况，并经常嘱咐他："医疗队总是要撤走的，所以你们要继承，一定要学好，将来起到承上启下的作用。"

姚村卫生院的副院长宋金祥，1971年在姚村卫生院工作，从此开始了与医疗队合作的历程。1974年医疗队帮助姚村卫生院筹建外科病房，并开展了第一例手术，在这过程中，宋金祥参加了各个阶段的建设工作和业务活动。手术开展起来以后，宋金祥获得了宝贵的实践机会，得到了医疗队中许多专家的指点。1984年他曾到我院进修，和常扶保一样得到了多方的照顾，顺利完成了进修任务，现在已然是林州首屈一指的手术大夫了。

林州肿瘤医院的副院长赵新吉曾经不止一次地对人说："我是中国医科院肿瘤医院培养出来的"。出生在林县的赵新吉，医学院毕业以后就被特意分配到李铭新和程书钧两位教授的实验室里学习。两位教授每天早晨7点准时到实验室，晚上很晚才回去，他们的敬业精神和严谨的治学态度给赵新吉留下了深刻的印象。按赵新吉自己的话说，不但从他们身上学到了知识，更重要的是学会了做人。三年的学习结束了，师生之间已经培养了深厚的感情。临走时，李铭新教授含泪对自己的爱徒说："你是林县培养出来的，该回去为林县人民做好工作。林县人民很苦，要好好报答他们。"赵新吉没有辜负老师的期望，现在已经成为林州市有名的肿瘤专家。

林州肿瘤医院主任张中兴，1973 年开始从事肿瘤防治工作，后来在医疗队的实验室学习，与陆士新、吴旻、罗贤懋等许多专家一起工作。这些专家学识渊博，却平易近人，有问必答，尽可能地满足他求知的愿望。同时在这些专家身上体现出的严谨的工作作风，也让张中兴受益良多。现在，他还清楚地记得，1976 年，医疗队为观察一部分病人的情况，坚持每天送医送药。一天狂风大作，雷雨交加，吴旻教授仍然穿上雨衣要去送药，人们都劝他等天晴再去。但吴旻教授说："今天的事不能拖到明天，我们已经和病人约好了，不能不讲信誉。"吴教授在风雨中渐渐远去的背影使张中兴始终难以忘怀，直至后来成为他工作中一种无言的鞭策和动力。

## 3. 建立"规矩"，画就"方圆"

1974 年医疗队帮助姚村卫生院筹建起外科病房以后，对当地医务人员的培训就走入了正规化和全面化。除了手术手把手地带，其他像放射、化疗、麻醉等科室的人员也逐步培养起来，之后陆续又有许多人员到我院免费进修，从而为姚村卫生院独立开展手术奠定了人才基础。据有关部门统计，从1974年到1990年的十五年间，姚村卫生院完成食管癌、贲门癌手术两千七百多例，手术并发症少，远期存活率高，达到了国内先进水平，而这一切与医疗队的帮助是分不开的。许多人都说：“没有北京医疗队，就没有姚村卫生院的今天。”

进入上世纪九十年代，崛起的林州各家医院在市场经济的大潮中，既是我院的兄弟单位，又是我们的合作伙伴，但是，“扶上马，再送一程”已然是新时期我院对林州食管癌防治事业继续进行帮助的真实写照。

2001年姚村新的住院大楼建成，这意味着姚村的肿瘤防治事业已经迈进了一个崭新的阶段。但是，姚村卫生院的起点毕竟还不是很高，那里的医护人员大多没有经过严格的训练，还不能与这座相对现代化的医院相匹配。我院应邀再次重新派出医疗队帮助姚村卫生院建立科学、规范的管理流程。

2001年派出的这批医疗队最大的特点是，增加了两名经验丰富、精明强干的护士，过去医疗队中大多是医生。这次充分考虑到新卫生院建成以后，手术室和病房需要规范。两名护士到达以后，从病房的布置，到物品的摆放，从如何穿手术外衣到上手术台的护士怎么配合医生工作，直到术后病房的护理，都向当地的护士一一讲解，并手把手地传帮带，她们的示范，做得干净、利索、漂亮。一传十、十传百，一时间，她们在姚村卫生院成了抢眼的亮点，无论医生、护士，还是病人都交口称赞。姚村卫生院的手术室和病房一下有了条理，这里的医护人员也对规范化管

1996 年，院所党委书记余瑶琴（第一排右六）带队来林县义诊

理有了切身的体会。

医生们也将我院一些正规的管理和操作带到林州，比如联合大查房，病历的规范书写，手术时必须注意的一些细节等等。等到医疗队走时，这些制度都已初见成效，姚村卫生院有了一些现代医院的气息。

## 4. 无私的援助和支持

上世纪六十年代初，医疗队来到林县时，这里的卫生防治系统几乎是一穷二白。医疗队的队员下乡巡诊、送医送药、拉网普查，都是自带行李和设备。最初医疗队被分配到老乡家吃派饭，按照吃派饭的标准，每顿饭队员们给老乡二两粮票，两毛钱。

上世纪七十年代初，基于林县食管癌的高发和群众所受的痛苦，我院开始帮助林县在姚村卫生院筹建外科手术病房，手术所需的一切设备都是我院从北京运来。像钴60放射治疗机当时在全国也没有几台，而姚村卫生院在我院的支援下1972年就有了体外照射的放疗机。经过调查研究，科研人员发现林县水土中确实存在致癌因素，改良水土，修建晒场成为防治体系一个非常重要的环节，医疗队在其中发挥了重要的作用。

上世纪九十年代我院更新设备，把一些能使用的旧设

前院所长董志伟与林州有关部门签订合作协议

备都赠送给林州，现在林州几所医院里的病床中有些就是我院提供的。

对于这些援助，我院职工有自己的认识，他们说，援助了林州的医院，就是援助了当地人民，全国的病人都到林州治病，也就等于援助了全国人民。

## 院所捐赠林县主要物品的清单

1972 年调拨钴 60 治疗机 1 台；

1996 年调拨血液酸碱分析仪、除颤器、监护仪、麻醉剂、电刀、离心机等设备 43 台件，金额约为 900 000.0 元人民币；

2005 年调拨病人摇床 180 张，金额约为 236 875.0 元人民币。

除了无私的援助，我院所始终关注林州食管癌防治事业的发展，对于他们取得的每一点成绩和进步都感到无限的欣喜并给以热情的支持。2007 年 8 月 8 日，林州市肿瘤医院外科大楼落成，标志着林州市肿瘤防治事业又取得了新的发展。为此，我院所党委书记董碧莎同志亲自带队专程前往祝贺。8 月的林州，热浪滚滚，暑气逼人，董书记一行 7 人长途驱车六个多小时到达林州，带去了中国医学科学院肿瘤院所全体职工的热切希望和美好祝愿。在大楼落成的典礼上，董书记不顾旅途劳顿，代表我院发表了热情洋溢的讲话。

2007 年林州肿瘤医院落成开业，董碧莎书记到会祝贺并致词

**尊敬的河南省卫生厅领导、安阳市领导，尊敬的林州市各位领导、尊敬的林州市肿瘤医院连院长，各位来宾、朋友们：**

大家上午好！

今天是个好日子，八月八日按照我们民间说法都是双数－大顺，又是“88”－“发发”，预示着大的发展。今天还是北京举办奥运会倒计时庆典之日，也是 24 节气的立秋——开始收获的季节，在这大好的日子里，我们中国医学科学院肿瘤医院肿瘤研究所 7 位代表，怀着比天气还热的心情专程从北京来到林州，来到北京医疗队曾经长期工作、生活过的地方，看到林州市肿瘤医院漂亮的新病房大楼拔地而起，看到医院基础医疗设施更加改善，看到林州肿瘤防治工作取得的进步，我们感到十分高兴，借此机会，我代表中国医学科学院肿瘤医院肿瘤研究所，对林州市肿瘤医院新病房大楼的竣工落成表示热烈祝贺！

中国医学科学院肿瘤医院肿瘤研究所，与林州市肿瘤研究所、肿瘤医院有着长期的合作关系，早在上世纪六十年代初，在周总理和中央领导的直接关怀下，北京医疗队进驻林县，开始了长达四十多年的现场综合防治研究工作，在林州政府的大力支持下，医疗队充分发挥人才、技术的优势，积极帮助建立了县、乡、村三级防癌网络，开展了大范围的食管癌普查和基础研究工作。我国肿瘤防治工作杰出的组织领导者、中国医科院肿瘤研究所肿瘤医院党委书记李冰院长曾多次亲临林县现场指导工作，哈献文、王建璋、王国清等教授率领北京医疗队一批又一批专家，长年工作在条件艰苦的林县现场，林州的各级政府、淳朴的林州人民和林州市肿瘤医院在工作上给予我们大力的支持与协作，生活上给与予了我们热情的关心与帮助。我们共同面对林县“食管不通”这一严重影响老百姓健康的问题，协同攻关，相互促进，密切协作，共同发展。近50年来，我们的工作不仅使林州的食管癌发病率、死亡率有了明显下降，并且培养了一大批预防控制、临床诊治的肿瘤专家和专业技术人员；我们的工作不仅取得了肿瘤防治的累累硕果，并且建立了深厚的亲情和友谊。在这里，让我们对曾经在林县工作过的老专家表示崇高的敬意！向林州市各级政府和林州市人民表示真诚的感谢！

林州市肿瘤医院从建院起，就与中国医学科学院肿瘤医院肿瘤研究所结下了不解之缘，保持着长期良好的合作关系。我院历届领导班子，都将林州肿瘤防治事业的发展，做为我院工作的一个部分，一直通过现场指导、人员培训以及国内国际项目合作等多种形式，对林州市肿瘤医院的发展以及林州肿瘤防治工作给予极大的关注和支持。形象地说，医科院肿瘤医院与林县现场的协作史就是中国食管癌防治历史的典型缩影。

在长期的合作中，我们对林州市肿瘤医院有了更多的了解。林州市肿瘤医院秉承“红旗渠”精神，白手起家，艰苦创业，长期坚持科学的防癌抗癌之路。林州市肿瘤医院从60年代起就开始肿瘤发病死亡登记工作，是我国农村开展肿瘤登记最早的地区；曾先后参与国家“六五”、“七五”、“九五”、“十五”科技攻关项目；2006年国家科技支撑计划有关癌症防治的15个项目中，林州市肿瘤医院就参加了两项。2005年还被卫生部确定为“国家食管癌早诊早治示范基地”，目前还承担着中央财政转移支付的食管癌早诊早治项目以及中美国际合作项目。在近五年的临床工作中，林州市肿瘤医院收治住院病人5800多人次，每年达到1600多例，成为治疗食管癌、贲门癌的中心之一，在食管癌、贲门癌等上消化道恶性肿瘤的临床治疗、预防和科研领域积累了丰富的经验，取得了显著的成绩。

新病房楼的落成，标志着林州市肿瘤医院向现代化医院的发展又迈出了坚实的一步，我们衷心希望林州市肿瘤医院在硬件条件改善的同时，继续加强学科建设、人才培养、不断提高医疗技术水平和服务水平，更好的为癌症患者服务。

据最新统计资料显示，2005年世界癌症死亡人数已经上升到760万。全球因恶性肿瘤死亡的人数已占总死亡人数的12%，发展中国家的肿瘤死亡病例占70%，预计20年后全球每年死于恶性肿瘤的人数将达到1000万，癌症成为世界各国面临的主要公共卫生问题。国际抗癌联盟已经开始了国家癌症预防与控制计划，提出了“1/3的癌症可以通过危险因素控制、行为干预等措施得到预防、1/3癌症可以通过有效的筛查和早诊早治措施得到治愈；1/3癌症可以通过规范化的临床治疗达到延长生命，提高生存质量”的癌症防治目标。目前我国农村癌症的增长趋势高于城市，高发区的癌症危害依然严重，由此造成的因病致贫，因病返贫的现象，成为影响我国经济发展和社会和谐的主要因素之一。

因此，我们面临的癌症防治任务依然艰巨，希望我们两个医院继续发扬老一辈专家扎根基层、无私奉献、艰苦创业的“红旗渠精神”，在今后的肿瘤防治工作中，团结协作、与时俱进，开拓创新，不断探索新形势下肿瘤防治的新模式，为我国肿瘤防治事业做出新的更大的贡献！

最后，请允许我向林州市人民政府、向林州人民、向林州市肿瘤防治战线上的同道们表达最良好的祝愿：

祝林州：经济发展、社会和谐、人民健康，永远幸福！

祝我们的友谊：像红旗渠水一样代代相传，源远流长！

谢谢各位。

# 七、让世界认识中国

1958年，新中国的肿瘤防治事业以崭新的面貌开始了，面对西方百余年肿瘤防治的历史和为此投入的巨额资金，一大群热爱肿瘤防治事业的中国知识分子，用自己的智慧和献身精神白手起家，立足中国现实，走出了一条中国自己的防治道路。自此，在学术上他们从靠边坐的“旁听生”逐步走上了国际学术大会的主讲台，中国让世界瞩目，世界为中国鼓掌！

## 1. 不做旁听生

1958年，是个值得铭记的年份，我院开始收治肿瘤病人。当时院里的医务人员都是从综合医院调来的，他们当

林县现场的工作获国家“九五”十大科技成就奖

中只有少数人搞过一些肿瘤的临床，如外科、放射治疗，这些同志对我国肿瘤防治事业的热情很高，立志要攻克肿瘤这一顽症。从上世纪50年代末到70年代末，我国肿瘤防治工作取得了不少进展，先后在全国各主要高发地区成立了专门的肿瘤研究防治机构，群众防治肿瘤的热情被调动起来了。

“尽管肿瘤事业在进展，我们在某种意义上还是‘摸着石头过河’，走一步，想一步，心中无底。到底中国肿瘤事业怎么搞？经过十几年的经历，大家都已认识到，肿瘤是十分复杂且科学性很强的课题，绝不是我们当初喊口号凭热情的幼稚想法所可以解决的。我国肿瘤事业起步晚，人力物力条件有限，不可能像西方国家投入大量资金来进行研究。‘我们怎么办?’这个问题确实占去了我的整个思想。”李冰同志在回忆起那段不知何去何从的日子时，焦虑之情仍溢于言表。

正是因为有思想上的交锋，才会有观点的碰撞，最后形成睿智的火花。李冰同志在和其他同志多次交流和磋商后，达成了共识。那就是，我国的癌症发病情况和环境等条件与西方不一样，而且我们没有西方那样雄厚的物质条件，所以不能跟在洋人后面跑，应该走中国自己的防治道路。

此时，林县的医疗队已经完成了林县高发区三十年的死亡回顾调查，得到了大量的数据和第一手的原始资料。1974 年，第 11 届国际癌症大会召开，我国代表成员在大会上宣读了建立在大普查基础上，有着大量极具说服力数据的论文。论文宣读完毕，引起了国际同行们的注目和重视，有人专门来找我们的代表座谈，希望进一步了解我们防治研究工作的进展和独特的经验。

世界从此开始关注中国肿瘤事业的发展。过去，我们参加国际学术会议，只具有象征性的意义，是国际学术讲坛上的旁听生，而今我们已经成为主讲者！这是多么大的变化啊！

从此，“不做旁听生”成了我国肿瘤防治研究工作者挑战国际先进水平的冲锋号角。

## 2. 乡村来了外国人

林县的研究工作引起了国外同行的关注，美国的高级医学代表团到林县实地考察，英国学者来到林县进行调查，索取了一些标本和资料，IASC（在法国里昂的国际癌症研究中心）也曾到林县试验性地做过少数人的普查。于是林县和周边的小乡村一下出现了许多金发碧眼的外国人，这让许多一辈子都没有走出过大山的农民惊奇了好一阵子。这些来自发达富裕国家的学者们面对林县的闭塞和贫困，再看看中国科研工作者的精神面貌和科研成果，他们不敢相信，在这样落后的地方怎么能生活？在这样的条件下科学研究又如何能做成？那饭菜，那厕所的蛆虫，那简陋的

UICC 在姚村卫生院

实验室……喔，上帝！他们摊开双手，耸着肩，不住地摇头。

但是，时间一长，留下来的外国同行都和科研人员成了朋友，他们和科研人员一起下乡普查，一起去做营养干预人家的回访，深夜回来肚子饿，一起去路边的小店吃烩面……他们在生活和工作中真真切切地感受到了中国科研人员的忘我精神，这是与西方不大相同的、更加难能可贵的对事业的奉献精神。

在林县一起工作的外国同行

有一次，美国的科研人员与我方工作人员一起做胃腔镜的观测实验，正在进行中，突然停电了。美方人员从没

姚村接待外宾

经历过这样的情况，一时不知如何是好，在黑暗中不停地问："这是怎么回事？这是怎么回事？"我方的科研人员笑着拍拍他的肩说："马上就好。"只见大家忙而不乱，不一会儿，每个桌上都亮起了蜡烛，备用发电机也随之起动，大家各就各位接着工作。在摇曳的烛光中，美国科研人员说："这太有趣了，简直就是在开一个研究的 party。"

1982 年美国 NCI 与院所签订了"食管癌营养干预研究"的合同后，高级研究员 Dawsey Sandy，作为美方的代表成员，多次来到中国的林县和中方的科研人员一起工作。热情豪爽的 Dawsey 和基地的工作人员很快成了要好的“哥们儿”，他给自己的太太写信，让她来看看这片神奇的土地。Dawsey 夫人几经犹豫，终于来了。她去参观了驻地旁边的姚村中学，孩子们的天真、勤奋给她留下了美好的印象，非常想为孩子们做点什么。基地与校方联系，安排她到学校教英语并介绍美国的初等教育。这可是林县第一个“外教”啊！孩子们学习英语的劲头一下高涨起来，校长更是高兴得合不拢嘴。Dawsey 夫人在教学过程中与师生建立了深厚的友谊，回国后仍念念不忘，她经过多方筹措，募集到一批图书，全部捐给了姚村中学，从此姚村中学有了真正的图书馆。

## 3. 国际合作从这里开始

高发现场逐渐建立，我院所大批的医疗科研工作者在林县埋头苦干，多个研究成果在艰辛中诞生，我们从被西方看不起到不仅受到发达国家科学家的重视和我们的学术观点被他们引述，这一系列的变化说明我们探索的防癌抗癌的思路和方法是对的，符合我国国情。

上世纪 80 年代初，美国 NCI（国立癌症研究所）在详细了解了我们在林县的工作之后，率先与我们合作。但是，他们对我国科研工作者是否真正能够完全按照现代流行病学的要求进行研究还心存疑虑，所以只是先尝试性地与我

拟赴林县参观的英国癌症代表团

们签订了一个为期一年的“可行性研究协议”。这一年中，在林县的同志抱着“一定得争这口气”的决心，完成了这个“可行性研究”。在总结中，美方表示很满意。

以此为基础，1982 年，我院所以民间团体的身份，代表中国一方与美方 NCI 首次签订了“食管癌营养干预研究”的合同。以后每年进行一次总结，1991 年底对参加研究的服药组和对照组两组人群近四万人进行了全面普查。美方来的十多位专家与我方一起在林县工作了三周，大家经过三个多月下基层普查、整理资料、检查病理学、细胞学、血液学的标本，对大量资料及标本进行分析，得到本次“干预研究”的满意效果。此次庞大的近四万人的“人群营养干预”研究，在国际上是第一次，它在国内外受到了极大的重视和较高的评价。

2007年，中美食管癌合作研究已经走过了25年的历程，25年——一个世纪的四分之一，中方和美方的科学家和众多科研人员在林县这块土地上倾注了大量的心血和精力。我院所流行病专业的部分科研人员长年驻扎在林县，当中的很多人都成了“林县通”，其中更是有人被大家戏称为“驻林县大使”。正是这样一群科研人员用自己“舍小家、顾大家”的工作热情和工作干劲连接起了食管癌防治的过去、现在和未来。

2007年10月21日，为了总结中美食管癌合作研究的

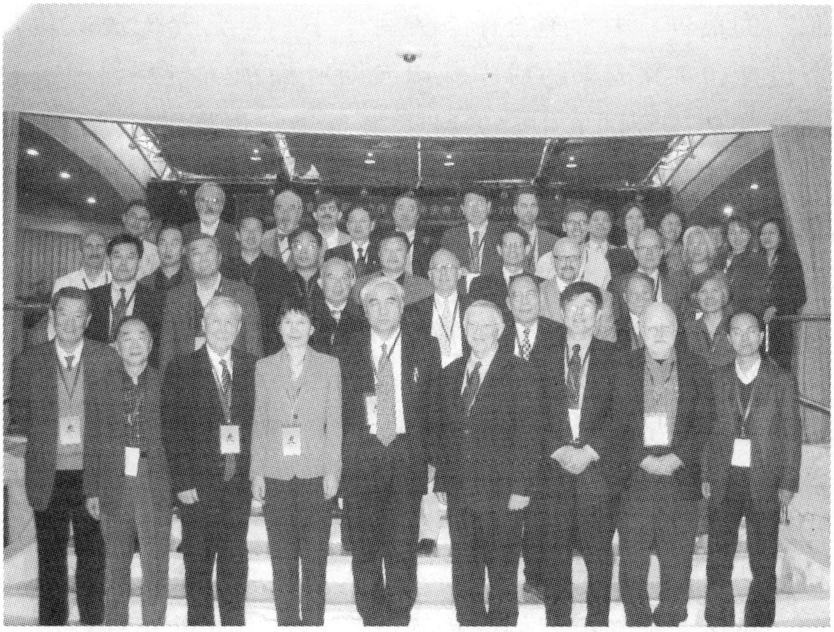

2007年10月21日，中美食管癌合作研究25周年庆祝会在北京隆重召开

成果，弘扬老一辈科学家崇尚科学和广大科技工作者艰苦奋斗的精神，中美食管癌合作研究25周年庆祝会在北京隆重召开。院所领导、美方科学家、林州卫生界代表、院所老一辈科学家代表，还有来自于英国、法国、芬兰、意大利、巴西、伊朗、澳大利亚、瑞典等10个国家的肿瘤专家参加了大会。

会议开幕式由张友会教授主持。赵平院所长致祝词。学术报告研讨会由王明荣副院所长主持。Peter Greenwald、黎钧耀教授、Philip Taylor博士、Sandy Dawsey、王国清教授和乔友林教授分别做了精彩的学术报告。会议还特邀中国疾病控制中心陈君石教授作了“林县营养干预试验的启示”的报告。中、美合作双方肯定了林县营养干预试验研究设计和研究成果的科学性以及对肿瘤预防与控制现实的指导意义，追忆了中、美科学家当年在现场的工作场景，共同缅怀李冰院长及其它已故科学家为该课题做出的贡献。会议学术氛围浓烈、友好。庆祝会后，来自世界各地的34位外宾又前往河北磁县、河南林州进行了参观访问。林县作为中国农村开展肿瘤登记最早的地区，从上世纪60年代至今运转良好的三级癌症预防控制网、详实的肿瘤登记资料、适宜的早诊早治技术方案、精湛的食管癌手术技巧以及高发现场食管癌综合防治工作得到了众多国外同行的普遍赞誉。中美合作共同研究食管癌的防治，无论是对科学研究的贡献还是给食管癌高发区人民带来的福祉都是巨大的。科学家和老前辈们崇尚科学、艰苦奋斗的精神将激励年轻一代科学工作者继往开来、把工作做得更好更扎实。

在参观中，外国专家对林县防治基地的调查数据表示惊叹

中美食管癌合作研究庆祝大会后，专家团在磁县参观

# 八、医民鱼水情

从上世纪五六十年代开始，一批批北京医疗队队员来到贫穷落后、疾病丛生的林县，在治病、扶贫、革新的过程中，队员们和当地人民结下了深厚的感情。时光荏苒，三四十年前在林县挥洒青春和汗水的一代医疗队员，现在大多已白发苍苍。回忆起在林县工作的岁月，他们人人都饱含深情：是林县培养了我们！而林县人民更是牵挂那些尽心尽力为他们付出辛劳的好人：常回来看看！

## 1. 柿子窝窝和救人英雄

在林县原县委书记杨贵同志的工作日记里，有多处关于我院医疗队的记载。其中，有这样一段关于安排好医疗队队员生活的谈话记录：

杨贵：我感谢党中央给我们派来的医疗队，医疗队在这里需要我们办的事，我们一定办。我们经常想，在林县工作能做到路通，水通，食管通，才算我们对得起人民。现在路通了，水，现在正在修红旗渠，如果这项工程完成了，水的问题也可以说通了。现在就是食管癌病给群众身上压了个大包袱，中央医疗队来了，群众心里有了盼望。

李贵：日坛医院医疗队来后，给群众是个很大的鼓舞，群众觉得有希望了。得了食管癌的病人可怜，正是活活饿死，有些病人想自杀，想能很快找到个防治办法。老杨给我谈了几次，不知道医疗队同志生活咋样，现在看来到农村和群众同吃就差些。

王根山：今年三月县委专门开会研究，中央医疗队来林县搞防治工作是件大事，让我们在工作上配合好。老杨同志说，对中央医疗队每人补助半斤粮食，半斤牛奶。我们这里的牛奶保证供应，牧场每天给县里送鲜奶，林县人喝家不多。

王守福：县委给我们的任务，一定要把医疗队的生活搞好，决不能让医生生活上受苦，医生的家属来了也同样补助，希望多提意见。

从记录中，不难看出，林县县委对医疗队到来的重视，安排好医疗队的生活也是县委协助医疗队搞好工作的一种最纯朴的表示。在县委的号召下，全县上下都为医疗队开

林县县委欢送医疗队队员回京

展工作提供方便，在贫穷落后的林县，虽然当地群众温饱都难以维持，但林县人民尽自己所能让医疗队队员生活得好一些。

1969 年以后，医疗队把“点”设在了姚村，真正开始了与群众的同吃、同住、同劳动。到老乡家吃派饭，起初，老乡单独给医疗队员做面食，当队员们了解了老乡们的生活状况之后，便主动要求和老乡一起吃糠咽菜。但老乡还是要想方设法给队员们吃好点，经常在糠窝窝的窝眼里放上一个小柿子。队员拿着这个特殊的窝窝，不知道咋吃，待明白了老乡的用意，队员们都感觉到这个柿子窝窝沉甸甸的分量。

面对林县人民的敦厚和善良，面对他们抗击病痛的顽强，面对他们对医疗队的巨大信任，队员们也深深地爱上了这片土地和这里的人民，唯感只有尽心尽力才能回报人民之万一。

队员们平常都严格要求自己，对病人都是热情接待，没有架子，平易近人，对当地群众的困难给予力所能及的帮助。当地老乡们都说医疗队像解放军一样，遵守纪律，不多吃多占，连老乡家中招待他们的柿饼、核桃等，也从不动手去拿，甚至有人煮一个青玉米给队员，也会被谢绝。医疗队队员不谋私利，全心全意为人民服务的事迹至今还被当地群众念念不忘。

一年夏天，谷铣之教授正在卫生院坐诊，有人跑来说，村口的大池子淹死人了。谷教授起身就往出事地点跑，到了那里发现池子周围一个人也没有。原来，村里人都被吓跑了。谷教授连衣服都没脱，就跳下去了，摸了半天，把人捞了上来。那个大池子水很深，一般人不敢涉足，谷教授腿有病，是医疗队中最年长的一位。人一过四十，在当地已被尊称为老汉了。就是这样一位老汉，拖着有病的腿，下到那么深的水中救人——成为当地百姓心中的英雄，被广泛传颂。

冬日的一天，李铭新教授在诊室接待病人。那天天气很冷，看病的病人也不多，诊室里因为人少显得比平日更冷些。这时，门口进来一个衣裳褴褛的农民，这么冷的天身上却只有一件单薄的夹衣。李教授给他诊治以后，他仍在不停地发抖，一问才知道，病人家里已经家徒四壁，没有冬衣。临走时，李教授将自己的大衣送给了他，病人抱着大衣感动得泣不成声。

在2005年林州食管癌防治座谈会上，我们见到了一位老病人。他对我们说："我是免费做的手术，手术时43岁，现在73岁，手术30年了，我5个孩子，4个成了家，现在我是四个儿媳妇的家长了，没有医疗队就没有我的今天。"

"我手术后处于昏迷状态，张大为大夫在我的床前坐了一夜，监视病情。我醒后，张大夫安慰我说，这次手术保证我活20年，当时我想活10年就心满意足了，谁想到今天都30年了，我感谢张大夫，感谢医疗队。"

医疗队来了一批又走了一批，给病人带来了生命的福音，也带走了老乡们的牵挂。队员们在这片热土上留下了

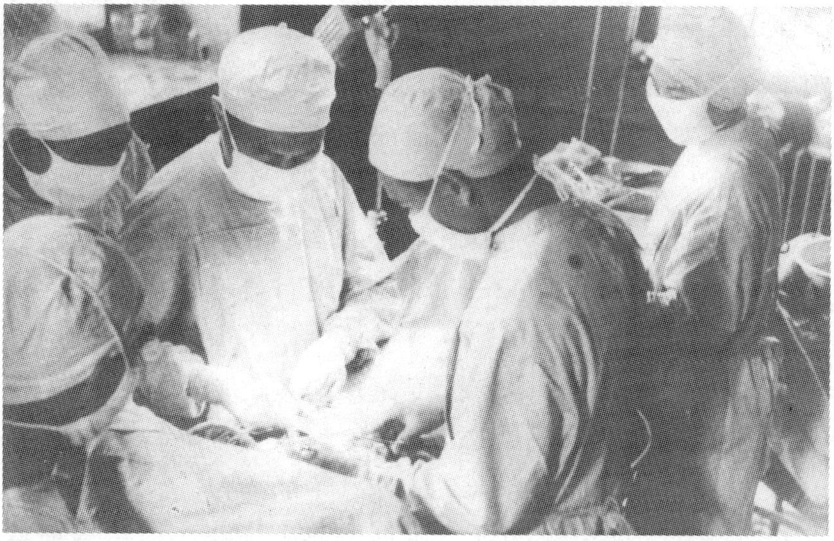

张大为、张汝刚和卫生院宋金祥等在手术室工作

青春和汗水，也带回了珍藏一生的美好记忆。

## 2. 四十年后的回访

1998 年，院所派往林县的医疗队几经岁月，已经整整四十年了。在院所党委的组织安排下，那些曾经在这片土地上付出了心血的专家和教授们重新来到此地，对第二故乡进行回访。消息传来，林州沸腾了。

到达林县的时候，天下着雨，但还是有许多干部和群众自发地站在路边欢迎从北京来访的故人。时光荏苒，许多当年来林县的年轻队员现在都已双鬓染霜，但他们一下车，就被当年的赤脚医生，曾经的房东、受过救助的病人认了出来，很快就被分割包围，沉浸在欢乐的人群中。

一位老大娘拉着护理部主任王凤云的手，嘴唇哆嗦着："凤云，你回来了！看看，看看，你走了好多年了哇！"说着，禁不住老泪纵横。许多人的眼睛都潮湿了。人群中有一个老大爷焦急地东张西望，却找不到自己当年熟悉的医生的身影，当听说没有来时，失望之情溢于言表："怎么没来呢，俺想他哩！盼他回来看看，他救了俺的命啊！"

队员们在紧张的行程中，特意回了一趟姚村卫生院，这里是队员们付出辛劳和汗水最多的地方。姚村卫生院也是张灯结彩，像过节一样迎接远方的亲人。

姚村卫生院徐院长作了热情洋溢的讲话：

各位领导，各位专家、教授、医疗队员：

你们好！首先允许我代表姚村卫生院全体医务人员对你们重访故地表示热烈的欢迎和衷心的感谢。

四十年前你们遵照毛主席和周总理的指示来到我院开展肿瘤防治工作，我们吃在一起，住在一起，工作在一起。姚村乡间小道留满了你们的足迹，当年和群众、肿瘤患者的谈笑声仿佛依然在耳际回响，还是那么的亲切，那么的深情！你们留给我们高尚的医德医风，你们无偿支援了我们所有的仪器设备，你们手把手地传授教给我们精湛的医疗技术，你们是我们姚村卫生院发展壮大的奠基人。我们不会忘记，也是永远忘不了的。

“一日不见如三秋后”，在这相继离别的漫长岁月中，我们无时无刻不在怀念着相处战斗的情景。特别是那些经你们亲手治疗现依然健在的患者，更是想念你们。今朝又相逢，实在无法用言语表达对你们的感激心情。但我们感到安慰，感到高兴，你们是医学科学的栋梁，肿瘤患者的福星。

今日在这里相逢，有当年的老领导，有当年的赤脚医生，当年的老患者，我们共叙友情。在这难得的相逢之际，时间虽短，情意犹长，千言万语，汇成一句话：

祝你们工作愉快，身体健康，长寿无疆！

祝中国医学科学院肿瘤院所与姚村卫生院友谊长存！

1998.5.8

四十年回访时老医疗队队员去老患者家中访问

四十年回访时院所工作人员与老患者的合影

院所回访人员在医疗队队部前合影

之后，队员们对当年手术后存活二十年的患者进行了回访，队员们走在自己既熟悉又陌生的乡间小路上，心情异常激动。变了，变了，原来破破烂烂的草房不见了，臭水沟也没有了，两层的房舍随处可见。队员依靠记忆找到患者家中，许多乡亲张口就叫出了他们的名字。激动地寒暄过后，老乡就拉着老队员的手非要求他们参观自己的房舍，看看自己现在的好日子。老乡对随行采访的中央电视台记者说："是十一届三中全会让我们脱贫致富，是北京医疗队让我们健康生活劳动"。记者们也深深被眼前的情景震撼了，照相机和摄像机闪个不停，生怕漏掉一个宝贵的画面。后来，中央电视台为此做了一个专题片，播出后反响强烈。人民日报也对此做了报道并配发了编者按，认为：医疗队深入病区四十年，是个壮举，在中国是个奇迹。美国人也说在任何一个国家不可能有这样的奇迹。

回访结束，离别之时，回访人员将院庆的画册和抗癌纪念章赠送群众，他们非常高兴。要启程回京了，老乡们送了一程又一程，对于曾经救助过他们的老队员们依依不舍。老队员们也留恋他们一辈子都不会忘记的“第二故乡”，不停地挥手致意。善良淳朴的林县人民啊，祝愿你们身体健康，生活越来越好！

四十年回访时院所在姚村食管癌防治基地进行义诊的现场

# 九、今日之林州

过去的林县，穷山恶水，食管癌高发，当地的群众因贫致病，因病致贫成了整个苦难生活的缩影。党中央派来医疗队以后，带领林县人民群防群治，建立起了完善的三级卫生防治体系。现在的林州不仅摘掉了食管癌高发区的帽子，而且拥有了全国最好的乡卫生院，每年的医疗收入成了这里主要的经济支柱。从食管癌重压下解放出来的林州人民，奋起直追，日子一天一天好起来，腰包一天一天鼓起来，他们说：没有北京医疗队，就没有我们的今天……

## 1. “遏制命运的咽喉”

林县食管癌高发，当地群众心理上有压力，有些人对林县也有偏见。一位曾经在林县工作过的干部，回京后，当地熟识的人给他捎来了林县产的小米。盛情难却，只能收下，但心里犯嘀咕：“林县食管癌的发病率很高，是不是吃了那里的东西，就容易得食管癌?”

四十年挥手一瞬间，现在走在林州的街头，看到的是车水马龙，熙熙攘攘，它和中国许许多多县城一样呈现出快速发展时期的繁荣，林州人民的生活确实好起来了。2006 年，林州市生产总值完成 138.3 亿元，较 2002 年的 53.3 亿元增长 100.1%，年均增长 18.9%。综合经济实力位居全省第 11 位，被表彰为“全省 20 个县域经济强县（市）”，被确定为“全省首批 35 个扩权县（市）”，“全国农村初级卫生保健先进县（市）”，姚村进入了全省综合实力百强乡镇行列[2]。据统计，现在林州食管癌的发病率和死亡率已经低于周边地区，食管癌高发的势头已经得到遏制，人民健康水平的不断提高，将使林州经济进一步腾飞。经统计，林州 1988～2002 年食管癌的死亡率如下[3]：

---

[2] 2007 年 4 月 27 日在林州市第十三届人民代表大会第一次会议上所作的《政府工作报告》

[3] 中国部分市、县恶性肿瘤的发病与死亡（第一、二、三卷）. 人民卫生出版社

| 林州市（林县）食管癌死亡率（1988～2002年） | | | |
|---|---|---|---|
| 年份 | 1988～1992 | 1993～1997 | 1998～2002 |
| 男 | 133.3/10万 | 109.1/10万 | 87.9/10万 |
| 女 | 90.1/10万 | 71.7/10万 | 50/10万 |

老书记杨贵同志最近回了一次林州，特意下到乡里看了看。一些熟识的乡亲亲热地招呼他："老杨你来了，以前来没有好的拿给你，现在再到我家吃顿饭看看。"老杨问："现在你们吃啥？"就掀开他们的米缸，细细地看上一回。

"群众现在生活变化太大了，原来的糠啊，菜啊根本就不见了，现在小米都很少吃。现在群众不仅吃的好了，住的，用的都很好了，像沙发呀都比咱家的好。医疗队对咱林县有功啊！"老书记感慨地对我们说。

## 2. 全国最好的乡卫生院

五十多年前，姚村卫生院和中国千万个乡村卫生院一样破旧不堪。技术落后，设备短缺，医务人员匮乏是整个卫生院的缩影。1969年，北京医疗队进驻食管癌高发区林县的姚村镇，成立了中国最早的国家级食管癌防治研究基地。四十多年来，我院所先后派出了300多名工作人员来姚村卫生院工作，帮助其筹建了手术室，为其培养了大量医务人员，其中一些人已经成为食管癌领域闻名全国的专

林县姚村公社老卫生院

林州市姚村卫生院旧址

家，同时我院所还无偿援助其大量设备和物资。这为该院的发展和腾飞奠定了牢固的基础，也为其跻身于全国最好的乡卫生院的行列做出了贡献。

如今的姚村卫生院，一改往日的窘迫，占地 33324$m^2$，建筑面积 21364$m^2$，绿化面积 11960$m^2$，就诊大厅宽敞明亮，住院部井然有序，花园错落有致。

作为食管癌专科医院，姚村卫生院拥有德国西门子螺旋 CT 扫描机、日本岛津 500MA 遥控 X 线机、模拟定位机、美国百胜 B 超、日本 140 电子胃镜、美国全自动血细胞分析仪、心电监护仪、8000 居里钴 60 治疗机，病区实现中心供氧，中心吸引。这些大型和先进的诊疗设备出现在乡村卫生院里，在全国是屈指可数。

四十多年来，院所通过传、帮、带、教，为其培养了大批技术骨干，并先后免费培训了 60 余名业务尖子，为医院的发展打下了坚实的基础。姚村卫生院现有正式职工 180 人，其中副主任医师和主治医师以上人员 50 余名，医技人员占全院职工总人数的 81%，年业务收入 1500 万元，成为地方经济收入的主要支柱。

1972 年至 2003 年，美国、日本、荷兰、加拿大、丹麦、德国、巴布新几内亚、澳大利亚、法国、意大利、伊朗和中国香港等国家和地区的 32 批 300 多名肿瘤专家来到姚村卫生院考察和交流，多家报刊、杂志对其进行了报道，食管癌防治基地使姚村走出了国门，使林州走向了世界。

林州市姚村卫生院新貌

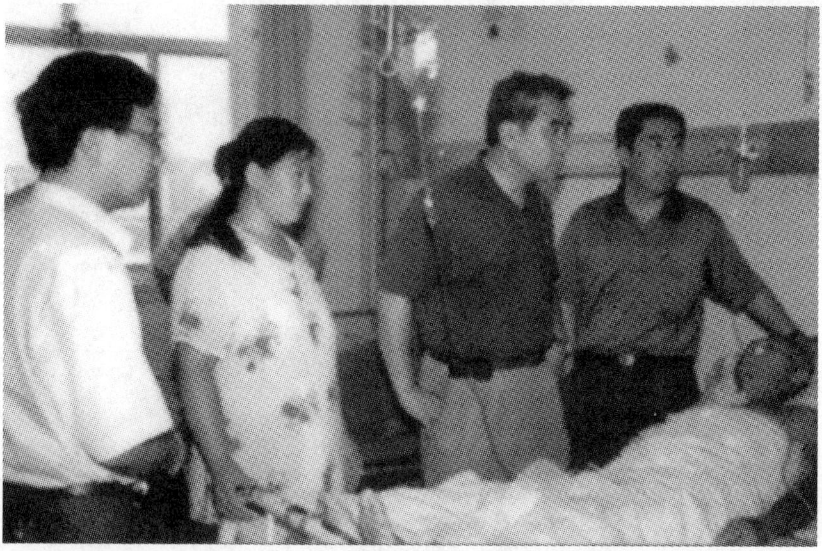

院所长赵平（右二）在姚村卫生院考察

院所党委书记董碧莎（前中）在姚村卫生院考察

# 十、医疗队精神代代相传

在过去的四十几年间，中国医学科学院肿瘤医院肿瘤研究所的医务、科研、行政人员扎根在边远落后的林县山区，无论是院士、名医还是普通员工，都兢兢业业工作，没有人埋怨，更没有人当逃兵。他们当中的许多人把最美好的年华献给了那里的病人，献给了当地的食管癌防治事业，甘于奉献，勇于牺牲，用青春和汗水创造了一个医疗科研工作光辉的典范，为我们留下了宝贵的精神财富，那就是——医疗队精神。目前，院所正在为创建人民满意医院、构建和谐医患关系而努力，而医疗队精神必将为此添油助力！

## 1. 食管癌防治基地是传统教育的“现场”

1998年起我院所将林州市姚村定为精神文明建设社会实践基地。院所曾多次组织研究生下乡考察和实践。

2005年9月，肿瘤院所在保持共产党员先进性教育活动中，为弘扬白求恩精神，激发广大党员爱岗敬业的热情，提高党性修养，增强责任感、使命感，院所党委利用两个双休日，以“发扬医疗队精神 创建人民满意医院”为主题，组织党员分批到河南林县食管癌防治基地进行参观学习。在参观的党员中有很多年轻的职工，他们怀着好奇的心情走进了林州，探寻老一辈医务工作者走过的足迹。

2005年9月，院所组织党员到林县参观学习。党员观看了“风雨兼程四十载 热血丹心为人民”的展览

参观的当天，一早大家就来到了基地的门外。基地的外观是典型的河南民居，安安静静地隐身在村落之中，没有喧嚣也无显赫，只是大门一侧“北京医疗队”的铜牌让人注目。从洞开的大门中，一眼就望见了题有“太行抗癌工程”的大石，这是吴阶平副委员长的亲笔题词。大石横卧在一片青青绿草之中，周围几株苍松翠柏撒下婆娑的树影，在初秋清晨明净的阳光里别有一番景致。这个建于上世纪八十年代的跨院，在 80 后的一些年轻职工眼里已经相当的“古旧”了，斑驳的木门，铁质的楼梯引来很多好奇

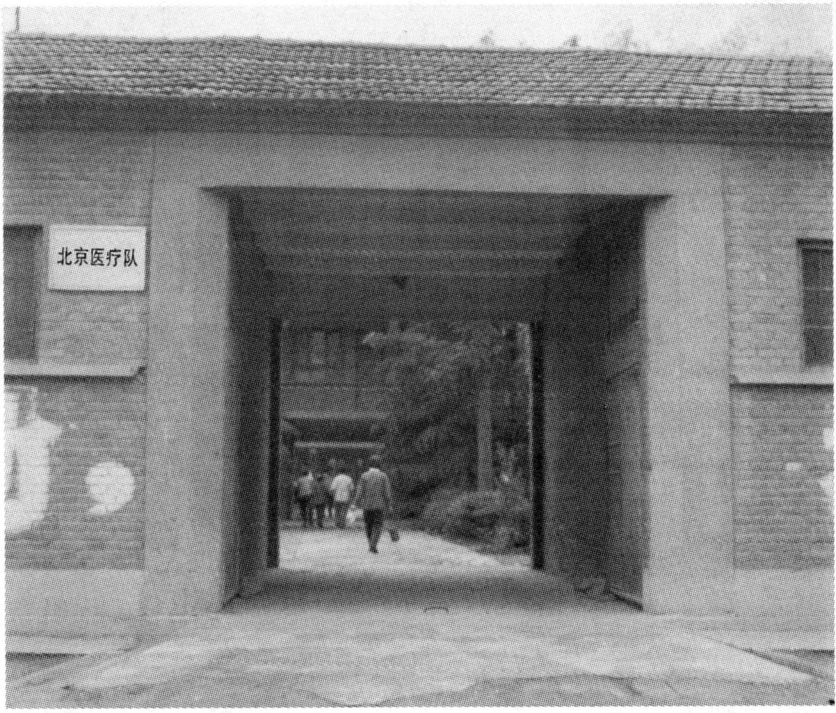


院所设在姚村的食管癌防治基地

的目光。为了这次参观学习，院所党委专门编写制作了题为“风雨兼程四十载　热血丹心为人民”，展现医疗队精神的展览在基地展出。听着讲解员的解说，看着这个不起眼的院落，很多人都感慨良多。平凡和伟大是那样的泾渭分明，可有时却又如此的水乳交融。

基地小院

2007 年 9 月 15～16 日，肿瘤院所团委又组织青年志愿者代表前往林州食管癌防治研究基地参观学习，此次参观在团员们中间也引起了强烈的震撼。有人在观后感中写道：“老一辈医务工作者为我们留下的医疗队精神是宝贵的，这种‘一切为了病人’的高尚医德，深入农村最基层的实践作风，向人类最危险的疾病挑战的无畏勇气以及各学科联合协同攻坚的团队精神，无论过去、现在还是将来都是我们事业不断向前的动力，我们应该感谢他们，向他们致敬。”

2007 年 9 月院所组织青年志愿者参观食管癌防治基地

是啊，“现场”给人的不仅是听、看，更多的是一种实实在在的感受。虽然时代变了，生活条件上不会再像当年那样去吃苦，但精神却是事业所必需的。

## 2. 食管癌防治基地成为宣传院所抗癌斗争历史的窗口

随着林县食管癌防治事业的发展，我院所设在姚村的食管癌防治基地不仅成为研究食管癌防治的科研阵地，而且也成为宣传我院所防治癌症斗争历史的对外窗口，许多团体慕名前来，了解我国农村癌症防治走过的道路和广大

2007 年 6 月 8 日北京朝阳区人大代表视察食管癌防治基地，听取基地情况介绍

医疗科研人员持之以恒的奋斗精神。

2007 年 6 月 8 日，北京朝阳区潘家园和劲松地区人大代表视察了我院所驻林州食管癌防治研究基地，参观了姚村和任村卫生院。在参观对比中，代表们对我院所四十多年来援助林州人民所取得的巨大成就赞叹不已。他们认为，一家北京的大医院在繁重的医疗科研任务下，还能以一个农村癌症高发区为基地，几十年如一日，始终不渝、坚持不懈地进行现场防治和研究，实属不易。医务工作者的责任感和献身精神令人敬佩和感动。代表们纷纷表示：要以医疗队为榜样，倾听民生，反映民意，真心为民，认真履职，实践“人民代表为人民”的誓言。

附录一

# 中国医学科学院食管癌防治研究小分队名单

（按姓氏笔画排列）

| | | | | | |
|---|---|---|---|---|---|
| 丁镇伟 | 马月华 | 马宝荣 | 马金兰 | 马曾辰 | 马树生 |
| 于桂香 | 于国瑞 | 于树玉 | 于继芳 | 王　红 | 王　奇 |
| 王　宛 | 王　智 | 王　雯 | 王　健 | 王　璐 | 王书华 |
| 王凤云 | 王贵齐 | 王永泉 | 王正颜 | 王成锋 | 王秀荣 |
| 王秀琴 | 王志宝 | 王志琪 | 王忠革 | 王国清 | 王陇德 |
| 王英林 | 王绍禄 | 王明耀 | 王继信 | 王德昌 | 王德斌 |
| 王建璋 | 王新江 | 王琦璐 | 王迺鹏 | 王银平 | 孔爱玲 |
| 白　萍 | 白希清 | 白俊杰 | 布力文 | 边春云 | 冯华进 |
| 冯思和 | 冯素瑜 | 冯勤付 | 冯益民 | 叶钟琪 | 卢　丽 |
| 宁爱兰 | 申榕年 | 石　卫 | 石木兰 | 田和平 | 田振杰 |
| 田贵珍 | 田海梅 | 安俊明 | 关玉珍 | 纪　湧 | 戎寿德 |
| 刘　云 | 刘　军 | 刘　彬 | 刘　绣 | 刘　靖 | 刘　毅 |
| 刘云堤 | 刘可一 | 刘玉和 | 刘玉玲 | 刘育希 | 刘丽云 |
| 刘伯齐 | 刘丽影 | 刘复生 | 刘树范 | 刘树忠 | 刘振远 |
| 刘海华 | 刘印玉 | 刘寿玲 | 刘艳辉 | 刘淑玲 | 刘淑琴 |
| 刘雄华 | 刘新伏 | 刘韵源 | 宝静萍 | 龙振华 | 吕　宁 |
| 吕淑珍 | 齐玉芹 | 齐洪秀 | 乔友林 | 阮学珍 | 孙　杰 |

| | | | | | |
|---|---|---|---|---|---|
| 孙　燕 | 孙大庆 | 孙玉海 | 孙秀娣 | 孙建衡 | 汤致强 |
| 向德元 | 闫仲荣 | 闫贯之 | 朱孝堃 | 陈维勤 | 陈美华 |
| 陈　义 | 陈东福 | 陈妙兰 | 陈志贤 | 陈志坚 | 陈棣华 |
| 陈元立 | 初木娴 | 任丽娟 | 狄淑英 | 邵　军 | 谷铣之 |
| 谷兰翠 | 谷淑燕 | 何凤荣 | 何勤童 | 李　华 | 李　冰 |
| 李　成 | 李　武 | 李　凌 | 李　莉 | 李　杰 | 李　移 |
| 李　槐 | 李广义 | 李云江 | 李中林 | 李凤鸣 | 李玉升 |
| 李玉兰 | 李永华 | 李玉芬 | 李敬之 | 李申德 | 李自强 |
| 李连弟 | 李秀英 | 李国柱 | 李其福 | 李宝刚 | 李春芳 |
| 李春媛 | 李晓光 | 李连其 | 李文通 | 李铭新 | 李雪祥 |
| 李新庆 | 李淑琴 | 陆士新 | 沈松桥 | 沈昭芬 | 沈贵华 |
| 沈淑英 | 宋少章 | 宋瑞冥 | 池惠珍 | 汪　楣 | 汪良俊 |
| 吴　旻 | 吴爱如 | 吴永利 | 吴玉英 | 吴玉清 | 吴雪林 |
| 吴淑英 | 吴雪溪 | 吴跃煌 | 吴桓举 | 苏连海 | 严洁华 |
| 杨　简 | 杨　侃 | 杨大望 | 杨安平 | 杨秀琴 | 杨天兴 |
| 杨宏明 | 杨忠民 | 杨定宇 | 杨宗贻 | 杨红鹰 | 杨玉明 |
| 杨秋萍 | 杨光河 | 余　宇 | 张　洵 | 张　彪 | 张士风 |
| 张士珍 | 张力军 | 张汝刚 | 张克利 | 张大为 | 张凤楼 |
| 张友会 | 张世平 | 张石秀 | 张玉芳 | 张弘纲 | 张红星 |
| 张秀兰 | 张志贤 | 张宗汉 | 张金生 | 张学军 | 张素玲 |
| 张彩云 | 张淑兰 | 张淑芳 | 张惠燕 | 张于华 | 张湘茹 |
| 张振杰 | 张春静 | 邹小农 | 范　畴 | 范金虎 | 范贤俊 |
| 范桂珍 | 范琨华 | 季　川 | 金长銶 | 金玉生 | 林　华 |

林东昕　林培中　林其荣　林树荣　罗贤懋　罗会元
孟平均　苗延浚　屈凤莲　武燕萍　郑迎雪　郑国樑
郑素芳　周大海　周魁君　周传农　周　彬　周　红
周际昌　周纯武　周珊珊　柏志敏　哈献文　贺　锐
胡郁华　胡国刚　姜　玉　赵　省　赵龙妹　赵志和
柳　英　高　进　高凤琴　高彦文　高润泉　郭黎平
郭万德　郭会芹　郭金利　郭彦君　郭润兴　郭亚东
郭彦钗　郭素萍　郭崇润　候占君　侯春凤　姬长秀
顾大中　贾志刚　栾荣先　秦德兴　秦永年　唐　谨
唐　辉　席马桂　夏汉章　夏求洁　徐玉伟　徐　成
徐宝全　徐国镇　徐秋兰　殷蔚伯　袁　莘　袁湘华
袁燕玲　曹　箭　曹玉敏　曹明华　曹世国　常绍静
崔中宁　崔旭初　崔梅芳　龚占奎　龚舜娟　黄观清
黄一蓉　黄国俊　寇俊杰　梁素春　渠川琰　程书钧
程贵余　葛　铭　韩　东　韩红斌　韩宗智　韩迺珺
韩建民　舒仪经　斯陶尔　温　芃　谢永强　曾　毅
解世亮　解宝树　甄　谦　甄永苏　董庆成　蒲宝明
蔡海英　管新建　翟秀玲　谭　文　熊兆阳　黎钧耀
潘　静　潘琼婧　臧俊芳　薛淑文　薛新华　戴凤英
燕利学　魏文强　魏林法　魏慧娟　瞿荣华　惠依群
倪晓光

（注：由于资料不全，部分已调出院所同志的名字未能收录在内。）

# 附录二

# 林县工作大事记

几十年来，院所先后有医护、科研、行政管理等300多人参加林县食管癌防治研究小分队的工作。1998年10月——2001年7月期间，又多次向林州派出医疗队，支援当地医院的肿瘤临床诊治工作。从1982年起，中国医学科学院肿瘤医院肿瘤研究所在林州开展了以预防食管癌为主的多项研究工作，不仅取得了丰硕的研究成果，而且也使高发区群众受益匪浅。

## 一、派遣医疗队等情况（1958～2005年）

1957年11月，县委书记杨贵在全国山区生产座谈会上汇报了林县“三不通”的问题，即水不通、路不通、食道不通是影响林县生产发展的主要问题，引起周总理的高度关注。

1958年8月，周恩来总理派李冰院长到林县调查情况，并指示“摸清情况，研究出对策”。

1959年4月，在中国医学科学院阜外医院吴英恺教授组织推动下，在阜外医院召开了四省一市食管癌防治研究协作组成立大会。

1959 年 8 月，第一次食管癌会议在山西太原迎泽宾馆召开，在此次会议基础上，在阳泉、林县等地开展了食管癌患病率的调查。

1961 年 8 月在太原召开了食管癌防治科研第二次会议，会后在四省一市开展了更大范围的食管癌患病率普查，涵盖 1700 万人口。

自 1963 起，阜外医院派出了黄国俊、邵令芳等；日坛医院派出了沈松乔等外科医师，胡郁华、杨崇怡等放疗科医师；此外，还有护士、技术员等，协助林县人民医院建立胸外科、放射治疗科、手术室等。

1964 年夏，在河南安阳召开了食管癌第三次会议，交流经验，提出调查地区食管癌的发病率、死亡率。以河南林县、山西阳泉、河北磁县、山东肥城等地为高发区，并初步提出了食管癌的患病因素及预防办法。

1965 年 5 月，中国医学科学院实验医学研究所派出了高进等研究人员到林县调查和研究食管癌病因。

1965 年 10 月，为了贯彻“要把医疗卫生工作的重点放到农村去”的号召，日坛医院委派外科王建璋医师到林县联系派医疗队事宜。

1966 年 2 月，日坛医院派出由 14 名医护人员组成的医疗队，王建璋为队长，周魁君为支部书记，队员包括哈献文、孙燕、于国瑞、刘丽影、陈志贤、杨侃等。医疗队到达林县后驻在任村公社卫生院，主要防治常见病，对食管癌进行了流行病学调查。

1966 年底，医疗队工作因“文革”被迫中断。

1969 年 6 月，我院医疗队派遣工作再次恢复。由渠川琰为队长、纪勇为支部书记，队员包括李冰院长、李铭新、杨简、谷铣之教授等十余人。医疗队深入林县姚村公社，送医送药，与当地居民同吃、同住、同劳动，展开群众性防癌治癌工作。医疗队被当地人民亲切地称为“北京医疗队”，并延续至今。

1970 年 6 月，中国医学科学院正式命名医疗队为“赴林县食管癌防治研究小分队”。派出了以王建璋为队长，由肿瘤医院（日坛医院）、实验医学研究所、病毒研究所、药物研究所和抗菌素研究所的医务、科研人员 40 余人参加的医疗队，开展多学科、多方面的研究。

1974 年后在中国医科院肿瘤医院和县卫生局支持下，在姚村卫生院西侧修建了北京医疗队（即食管癌防治研究小分队）的队部，长期有队员在那里工作。

自 1982 年起，小分队的工作重点放在食管癌的预防研究和早期诊断。除了流行病和实验病理研究室研究人员、部分临床医务人员和少数后勤人员留在林县外，大部分医护人员陆续回北京。

1997 年，院所把林县定为“精神文明社会实践教育基地”。

1998 年 5 月，院所组织“四十年回访－赴林县开展防治食管癌咨询宣传周”活动。

1998 年 9 月院所与林州市肿瘤医院肿瘤研究所、林州市食管癌医院（姚村卫生院）共同成立食管癌防治中心。

1998 年 10 月恢复派遣临床医疗队。

1998 年～2001 年，院所先后派出三批近 20 人由副教授以上临床专业人员组成的医疗队，分别在林州市肿瘤医院、姚村卫生院开展工作，主要负责对当地临床诊治工作的培训和指导。

2005 年 9 月，在保持共产党员先进性教育活动中，院所党委利用两个双休日，以“发扬医疗队精神　创建人民满意医院”为主题，组织党员分批到河南林县食管癌防治基地进行参观学习，观看了“风雨兼程四十载　热血丹心为人民”的展览。

## 二、上世纪 60 年代末期到 80 年代初期，食管癌防治小分队在林县现场进行的科学研究情况

从上世纪 60 年代末期到 80 年代初期，食管癌防治小分队在林县开展了从中央到地方的多学科协作，对食管癌进行了多学科的全面研究。先后在林县开展工作的单位还有：中国科学院生物物理研究所、北京中医研究院、河南医学院、河南中医学院、河南省地质水文大队。这些单位从疾病本身、土壤、饮水、地质化学成分等方面对当地食管癌高发的原因组织了大会战，发现了不良饮食习惯，膳食营养素缺乏，饮用水、土壤等微量元素缺乏等危险因素。

**食管癌流行病学研究**

1. 1970 年，在姚村的两个大队试点，回顾性调查过去

30 年内食管癌死亡情况。摸到了一些方法，找到了一些规律。

2. 1971 年上半年，和河南医学院等兄弟单位合作，对林县 76 个大队，11 万人口，进行了 30 年（1940 ~ 1970 年）30 岁以上人口食管癌死亡回顾调查。分析发现该县食管癌的发病呈现“北高南低”的规律，一些生活习惯，饮水情况以及土壤等因素也被发现了。

3. 1973 ~ 1975 年，先以林县、安阳地区和华北三省一市为试点，覆盖人口 5000 万，开展癌症死亡调查，总结了宝贵经验，继而推广全国。

4. 在卫生部肿瘤防治办公室组织下，在李冰同志主持下，完成了全国 8.5 亿人口癌症死亡调查，于 1979 年 12 月出版了中、英文两种文字的《中华人民共和国恶性肿瘤地图集》，以及《中国恶性肿瘤死亡资料汇编》、《中国恶性肿瘤死亡调查》等书籍。这是我国癌症研究的重大成果，对我国的肿瘤防治研究具有重大价值，引起国内外科学家的高度关注和极大兴趣。相关研究曾获全国科学大会奖、卫生部科学技术甲级奖。

**食管癌病因学研究**

1. 亚硝胺病因研究

上世纪 70 年代初期至 80 年代，李铭新、陆士新教授等科研人员对林县四个公社的饮用水作了检测，发现 $NO_3^-$，$NO_2^-$ 水平和当地居民食管上皮增生呈显著的正相关。在林县居民吃的食物标本中检测出二甲基亚硝胺，二乙基亚硝胺，甲基苄基亚硝胺等，食物中污染的霉菌可以促进亚硝胺的合成。用林县存在的亚硝胺成功地诱发了人胎儿食管上皮癌。对食管癌亚硝胺病因的深入研究持续至今，为食管癌“去胺”防治措施的制定提供了科学依据。相关研究曾获国家“七五”科技攻关突出贡献奖等。

2. 真菌（霉菌）病因研究

1970 年成立食管癌病因学研究小组，由中国医学科学院肿瘤研究所夏求洁教授等研究人员和其他研究所科研人员组成。研究人员从林县当地居民的日常主食中分离到了许多种类的真菌，随即开始了食管癌的真菌（霉菌）病因相关研究，发现念珠菌性食管炎和镰刀菌毒素可能是引起食管癌的第二重要因素，为食管癌“去胺”、“防霉”等防治措施的制定提供了科学依据。相关研究曾获卫生部科学技术进步二等奖。

3. 营养与肿瘤研究

从上世纪 70 年代到 80 年代，郑素芳、罗贤懋教授等在林县开展的膳食营养调查发现，高发区人群每日营养素进食量中核黄素、钙、维生素 C 等普遍较低。

1972 ~ 1975 年，完成了河南省 15 个县共 50 个公社，162 万人口地区的 686 份饮水和 909 份粮食标本中化学元素与食管癌死亡率的多元相关研究。研究发现钼、锌等 10 余种元素与食管癌的死亡率呈负相关，为研究华北地区食管癌病因提供了重要线索，也为食管癌“施钼肥”防治措施的制定提供了科学依据。其中《钼在食管癌病因、发病及预防中的作用》研究被授予卫生部科学技术进步二等奖。

4．遗传病因的研究

吴旻、潘琼婧教授等于上世纪 70 年代初调查了林县食管癌的家族聚集现象。1983 年正式提出了林县食管癌存在遗传易感性，提出通过检测易感个体进行规模预防的策略。此项研究持续至今，现已分离到食管癌中缺失或表达下调的多个已知基因和新基因。相关研究曾获卫生部科学技术进步三等奖。

5．免疫与癌的研究

1974 年张友会教授等在林县姚村调查免疫与癌的关系，发现当地食管上皮重度增生患者的免疫功能有不同程度的降低，随后进行了深入研究，并首次阐明免疫监测作用低下在人类上皮癌发生中的作用，免疫监视的破坏可能是长期暴露于致癌、促癌物质所致。具有抑癌和促免疫双重作用的化合物可在预防癌症中起作用。相关研究曾获卫生部科学技术进步三等奖。

**食管癌早期诊断研究**

1．食管内镜早期诊断食管癌研究

1974 年以来，王国清等在林县、河北磁县和苏北地区先后开展 15 次普查，检查 16 万人，查出高危人群 28 000 多人，内镜检查 20 505 人，并采用 2% 甲苯胺蓝溶液或 1.2% 碘溶液作为食管粘膜辅助染色，发现大量微小癌灶和早期食管癌。其中《食管癌组织发生学研究》获卫生部科技进步三等奖，《早期食管癌内镜诊断研究－早期病灶、碘液和甲苯胺蓝体内染色法》获卫生部科技进步二等奖，相关研究获国家“八五”攻关重大科技成果奖。

2. 细胞学研究

上世纪60至80年代，食管拉网检查是发现早期食管癌的重要方法。自70年代起，杨大望、刘树范教授等应用食管拉网脱落细胞学先后在林县检查80000多人，培训当地细胞学检查人员百余人；对早期食管鳞癌细胞、早期贲门腺癌细胞和中、晚期贲门癌细胞的形态和诊断分级标准做了研究，并对食管细胞采集器进行了改进。相关工作曾获国家科学技术进步三等奖。

李凌、舒仪经等教授改进了贲门细胞采集器，制定了贲门细胞学诊断标准，提高了普查检出率。相关工作被授予早期诊断荣誉奖章。

3. X线早期诊断食管癌的研究

上世纪70年代以来，王正颜等开展了早期食管癌X线诊断的研究，通过对照内镜及手术标本病理检查，明确了早期食管癌的X线征象的病理基础，提高了X线诊断早期食管癌的准确率。

4. 早期食管癌的病理学研究

上世纪70年代以来，我院刘复生教授对早期食管癌进行了详细的临床和病理学研究，初步明确了临床特征与细胞及病理学之间的相关性。同时研究了食管癌高发区林县与低发区范县鸡咽－食管的病理形态学，发现人的食管癌的死亡率与鸡咽－食管癌的患病率有相似的地理分布特点。病理科、细胞学科等研究人员，经过长期的系列研究，得出以下重要结论：食管上皮增生与食管癌的发生有极为密切的关系；食管上皮增生是食管上皮癌变过程中的必经阶段。相关研究获1978年全国科学大会食管癌研究奖状。

**食管癌现场治疗**

1. 食管癌的手术治疗

从1970年开始，中国医科院肿瘤医院即着手准备在姚村乡（原姚村公社）卫生院协助建立胸外科手术室和病房，到1974年手术室装备和后勤供应基本完成，正式开展食管癌病人的外科手术治疗。我院胸外科的医师张大为、张汝刚、王国清等以及有关护士先后到姚村卫生院手术并培养当地医护人员。到上世纪80年代初，基本以当地医师为主，顺利开展食管癌的手术治疗。1974～1998年底，共进行食管癌和贲门癌手术6 500余例，食管癌术后5年生存率达到41.3%。

1985年，王国清在现场设计了胃壁舌状浆肌瓣覆盖－食管胃粘膜吻合术，经实践、改进、推广，已有十余家医院将此技术作为食管癌手术的常规吻合术。《胃壁舌状浆肌瓣覆盖－食管胃粘膜吻合术》获1996年中国医学科学院中国协和医科大学科学进步二等奖。《早期食管癌的外科治疗》获中国医学科学院95－96年度医疗成就三等奖。

近年来，王国清对重度不典型增生以及原位癌等采取内镜下微创治疗（粘膜切除、APC等）效果满意。

2. 食管癌放射治疗

1970年至1974年，谷铣之教授等医师在姚村卫生院开展腔内放射治疗，癌瘤长度小于3cm者，治疗5年生存率达20%，这一结果国际领先，并于1988年荣获海牙国际会议近距离治疗核通奖。

1973年，协助姚村卫生院安装钴治疗机，1974年开始体外放射治疗，迄今共治疗食管癌病例10 000余例。

3. 食管癌的化学治疗

1966年开始，在林县应用药物治疗食管癌的试点工作，应用的药物包括噻替派、氟脲嘧啶、争光霉素和顺铂等。同时还开展了中药治疗和联合化疗的工作，实践说明化疗能够在一定程度上改善病人的生存率。

**食管癌的综合防治工作**

1. 建立防治机构

1959年林县成立了食管癌医院，1960年3月，林县建立食管癌防治委员会，县委书记杨贵任委员会主任，副主任是我院副院长、卫生部全国肿瘤防治办公室主任李冰同志等。1969年专门设立了林县食管癌防治研究办公室，各公社（乡）建立食管癌防治领导组，各大队（村）建立食管癌防治领导小组，各小队有防癌员，成立了三级防癌网，开始了肿瘤的发病死亡登记、普查普治食管癌病人、防治知识宣传、协助科研等工作。其间，中国医学科学院派出了食管癌防治小分队，河南省派出肿瘤防治队，安阳地区、中国中医研究院也派出了赴林县医疗队协助当地开展食管癌的防治工作。

1975年5月建立了林县食管癌防治研究所、林县肿瘤医院，负责全县的食管癌防治工作。

2. 群防群治的“三、五、七”

三早：宣传食管癌早期发现、早期诊断、早期治疗的好处，发动高危人群参加普查。

五项综合防癌措施：上世纪70年代初，由林县食管癌防治办公室、中国医学科学院食管癌防治小分队、河南省防治队共同讨论制定了五项综合防癌措施，分别是防霉、去胺、施钼肥、治疗食管上皮重度增生的病人、改变不良生活习惯。

早期食管癌的七个症状：有以下症状者，劝早去医院检查治疗：下咽食物有哽噎感；胸骨后疼痛；下咽时食管内疼痛；食管内有异物感；食物通过缓慢，有滞留感；咽喉部干燥紧缩感；胸骨后有闷胀感。

3. 培训当地医务工作者

于上世纪70年代，每年数次召开当地赤脚医生培训会议，培训内容包括食管癌的预防、诊断和治疗知识，提高中西医结合防病、治病的能力。

从1969年起，不定期开展食管癌普查，培养当地细胞学检查人员。截止到1996年，共检查村民14次，76426人，培养农村细胞学人员9次，176人次。

4. 改良水源，改进水质

上世纪70年代，开展了过滤渠水、改建水塘、打深井、建水塔，修高浅水井台，防止污水流入，设专用水桶，定期消毒等措施，改良水源，改进水质。

林县食管癌的综合防治工作始终采取了领导、专家、群众相结合，现场、实验室、临床相结合，早诊、早治、预防相结合，中西医相结合，从现场实际情况出发的基本工作方法，开展了广泛的研究和防治工作，走出了一条符合我国特色的肿瘤预防控制之路。食管癌高发现场综合防治研究被评为1995年全国十大科技成就之一。

## 三、林县现场工作由派遣医疗队，改为以项目开展和课题研究为主的形式（1983～1998年）

1．1982～1992年，院所与美国国立肿瘤研究所签约协作，由李冰、黎均耀等为中方负责人，对林县的近3万居民和3318名食管上皮重度增生患者补充维生素和多种微量元素，开展营养干预研究。这是世界上首次用随机人群双盲试验证明补充复合维生素和矿物质显著降低癌高发区普通人群的总死亡率9%、总癌死亡率13%、胃癌死亡21%，其他癌死亡19%。此外，补充复合维生素和矿物质可减少某些常见病的患病风险，如降低脑血管死亡近40%、男性高血压患病率约50%，还能减少老年人眼核性白内障的患病率41%。研究结果的公布引起全世界科学家的高度重视和广大公众的巨大反响。为进一步观察补充维生素和微量元素的远期预防效果，该研究仍在随访中。

2．1994年8月，中美合作项目“食管癌早诊早治研究”在林县开展，先后开展了细胞学方法评价、内镜早期诊断食管癌、内镜下治疗食管癌等相关研究并延续至今。

3．1983～1989年，林培中等在河南省林县和安阳等地应用抗癌乙片，维胺脂和核黄素开展了食管癌前病变的人群干预试验。统计表明，服药 5 年、9 年后，抗癌乙片使重增的癌变率分别减少 47.3%、42.1%、，维胺脂使重增的癌变率分别减少 43.2%，38.2%，核黄素使轻增的癌变率分别减少 34.8%、37.0%。说明食管癌前病变的阻断治疗是一条行之有效的预防途径。

## 四、2002 年至今，国际合作项目及国家“十五”项目在林县现场开展情况

1. 至今仍在进行的两项国际科技协作课题

一项是营养干预试验随访研究，该项目是营养干预试验研究的延续，近年来的随访结果发现：多种维生素和微量元素的补充对于小于 56 岁的低年龄组远期预防效果更好，尤其硒的补充可以显著降低食管癌、贲门癌的发病率和死亡率。该研究先后在 JNCI 等国内外杂志上发表论文 40 多篇，在国际上有深远的影响。

一项是食管癌早诊早治研究，该项目是中国医科院肿瘤研究所与美国国立癌症研究所（NCI）长期合作项目之一，主要在食管肿瘤及其癌前病变的早期发现、早期诊断和早期治疗技术、癌前病变的二级预防等领域开展工作。该项目研究发展的食管内窥镜筛查技术、食管癌前病变以及早期食管癌的手术治疗、微创治疗技术的推广和应用，大大提高了早期病变检出率和治疗效果，使高发区群众直

接受益。新近的食管鳞状上皮不典型增生化学预防研究结果发表于2005年Gastroenterology杂志第129卷。该项目先后在国内外杂志发表文章20多篇，其突出工作曾被《World Gastroenterology News》专题报道。

2. 国家“十五”攻关项目

该项目通过以人群为基础和有对照的临床试验，验证内窥镜“早诊早治”筛查技术降低食管癌两率的可行性，通过卫生经济学评价证实有较好的费效比，为建立高发区肿瘤防治的新模式和大规模推广应用提供科学依据。

该项目在河南林州市临淇乡设立现场，覆盖总人口5万多人，对干预组40岁以上的当地群众开展内镜下碘染色筛查，筛查发现的早期病变开展内镜下微创治疗。初步结果显示，干预组的累积死亡率低于对照组，“食管癌早诊早治方案”效益成本比率为4:1，成本低，效益好，且能降低食管癌患者的经济负担。根据研究结果编写的《食管癌筛查及早诊早治方案》以及《中国癌症筛查及早诊早治指南》已经通过专家评审并出版发行。

3. 2005年林州市被卫生部确定为首批“国家食管癌早诊早治示范基地”之一，开始系统承担着中央财政转移支付的食管癌筛查和早诊早治项目。

4. 中美食管癌合作研究25周年庆祝活动在北京和林州召开。

2007年10月21日中美食管癌合作研究25周年庆祝会在北京召开。庆祝会后，来自英国、法国、芬兰、意大利、巴西、伊朗、澳大利亚、瑞典等世界十多个国家肿瘤专家，前往河北磁县、河南林州对我国食管癌高发区的现场工作进行了参观访问。

## 参 考 资 料


1. 中国肿瘤防治战略思想回顾研讨会——李冰同志从医六十年暨七十六诞辰纪念文集
2. 中国医学科学院中国协和医科大学肿瘤研究所肿瘤医院癌症高发现场防治研究画册（1958～1999）
3. 中国医学科学院中国协和医科大学肿瘤研究所肿瘤医院纪念画册（1958～1998）
4. 食管癌防治研究（1990～2003 论文汇编）．林州市食管癌防治研究所肿瘤医院
5. 中国癌症研究基金会编委会主编：《中国肿瘤史料研究》，第一卷，75
6. 吴英恺著．学医行医传医 70 年（1927～1997）．中国科学技术出版社，1997

# 附录三

## 林县现场科研贡献一览表

几十年来，中国医学科学院肿瘤医院肿瘤研究所在林州开展了以预防控制食管癌为主的多项研究工作，不仅直接使高发区群众受益匪浅，而且也取得了丰硕的研究成果。

### 一、科研成果

| | 课题研究 | 取得的成果 |
|---|---|---|
| 1 | 食管癌流行病学研究 | 编辑出版了《中华人民共和国恶性肿瘤地图集》 |
| 2 | 食管癌病因学研究 | 1）亚硝胺病因研究：食管癌的发生发展与亚硝胺关系的研究，获1987年国家自然科学奖；国家“七五”科技攻关突出贡献者。<br>2）霉菌病因研究：霉菌污染（念珠菌性食管炎和镰刀菌毒素）是食管癌的第二重要因素。<br>3）营养与肿瘤研究：钼与食管癌关系的研究，获国家科技成果奖。<br>4）遗传病因的研究：已分离到食管癌中缺失或表达下调的多个已知和新基因。<br>5）免疫与癌的研究：首次阐明免疫监测作用低下在人类上皮癌发生中的作用。 |

**续　表**

| | 课题研究 | 取得的成果 |
|---|---|---|
| 3 | 食管癌的诊断研究 | 1）隐血珠初筛普查上消化道癌：获1990年度我院科技进步奖。<br>2）早期食管癌内镜诊断研究：早期病灶、碘液和甲苯胺蓝体内染色法，获1996年卫生部科技进步二等奖；国家“八五”攻关重大科技成果奖。<br>3）细胞学研究，被授予早期诊断荣誉奖章。<br>4）早期食管癌的病理学研究，获1978年全国科学大会食管癌研究奖状。 |
| 4 | 食管癌的治疗研究 | 1）胃壁舌状浆肌瓣覆盖、食管胃粘膜吻合术，获1996年中国医学科学院中国协和医科大学科学进步二等奖；国家科技成果荣誉证书。<br>2）早期食管癌的外科治疗，获中国医学科学院95－96年度医疗成就三等奖。<br>3）上世纪70年代在姚村卫生院进行的腔内放射治疗，荣获1988年海牙国际会议近距离治疗核通奖。 |
| 5 | 食管癌高发现场综合防治研究 | 1）食管癌癌前阻断性治疗，获国家“七五”科技攻关重大成果集体荣誉证书。<br>2）食管癌高发现场综合防治研究，获“1995年全国十大科技成就之一”。 |

## 二、专著、合著、论文

| | 著作 | 作者 | 出版单位 |
|---|---|---|---|
| 专著 | 《中华人民共和国恶性肿瘤地图集》(中英文两册) | 全国肿瘤防办 | 中国地图学社（第1版），1979 |
| | 《中国恶性肿瘤死亡调查研究》 | 全国肿瘤防办 | 北京人民卫生出版社．第1版，1980 |
| | 《恶性肿瘤的细胞病理学》 | 临床细胞学室<br>舒仪经、沈琼、裘宋良 | 河南人民卫生出版社（第1版），1981 |
| | 《食管癌和胃贲门癌》(英文) | 胸外科<br>黄国俊 | Springer - Verlag（德国）（第1版），1984 |
| | 《肝食管鼻咽癌》 | 免疫室<br>Wagner G、张友会 | Springer - Verlag Germany（第1版），1987 |
| | 《食管癌和贲门癌》 | 胸外科<br>黄国俊、吴英恺 | 上海科学出版社（第1版），1990 |
| | 《中国人口主要死因地图集》 | 流行病室<br>周有尚、刘伯齐 | 北京中国地图出版社（第1版），1990 |
| | 《食管癌的病理和预防》 | 临床病理科<br>刘复生、林培中 | 北京地质出版社（第1版），1994 |
| | 《早期食管癌和胃贲门癌内镜检查图谱》 | 腔镜室<br>王国清 | 北京科学技术出版社，（第1版），1996 |

续　表

| | 著作 | 作者 | 出版单位 |
|---|---|---|---|
| 合著 | 第五篇　流行病学 | 流行病室<br>黎钧耀 | 协作组主编．实用肿瘤学．人民卫生出版社（第1版），1978 |
| | 食管癌 | 流行病室<br>黎钧耀 | 耿贯一主编．流行病学．北京人民卫生出版社（第1版），1980 |
| | 食管癌可疑发病条件的验证 | 营养与肿瘤室<br>胡国刚 | 杨简主编．食管癌的实验研究．人民卫生出版社（第1版），1980 |
| | 早期食管癌的病理学研究 | 临床病理科<br>刘复生 | C Pfeiffer 主编．食管癌（英文）．CRC USA（第1版），1980 |
| | 早期食管癌在中国 | 临床病理科<br>刘复生、李凌 | Burghart E 主编．微小浸润癌（英文）．W. B. Saunder London（第1版），1982 |
| | 中国林县食管癌的营养干预实验 | 基础病理室<br>林培中、蔡海英 | Khogoli M 主编．发展中国家的肿瘤预防（英文）．Oxfordetal Pergamon Press（第1版），1986 |

**续 表**

| | 著作 | 作者 | 出版单位 |
|---|---|---|---|
| 合著 | 食管癌流行病研究进展 | 流行病室<br>黎钧耀 | 钱宇平主编．流行病学进展．北京人民卫生出版社（第 1 版），1986 |
| | 食管癌流行病学 | 胸外科<br>黄国俊 | Siewert JR 主编．食管疾病．Springer – Verlag Germany（第1版），1987 |
| | 癌高风险人群的化学预防 | 基础病理室<br>林培中 | 韩锐主编．癌瘤的化学预防与药物治疗．北京医科大学中国协和医科大学联合出版社（第 1 版）．1991 |
| | 食管的鳞状细胞癌 | 临床病理科<br>刘复生、王奇璐 | 阎锡钧主编．胃肠道病理学（英文）．W. S. Saunder London（第 1 版），1992 |
| | 食管癌的实验病理学，食管的癌前病变和食管癌的发病学预防 | 基础病理室<br>林培中 | 杜百廉主编．北京中国科学技术出版社（第 1 版），1994 |

续 表

| | 著作 | 作者 | 出版单位 |
|---|---|---|---|
| 合著 | 早期食管癌的发现与诊断，早期食管癌的内镜征象，早期食管癌病灶的长度和范围的内镜观察，早期食管癌内镜下病灶形态和分型，早期贲门癌的发病部位诊断，早期贲门癌的内镜形态特征和分型 | 腔镜室 王国清 | 林庚金主编. 消化病新概念. 上海医科大学出版社（第 1 版），1996 |
| 论文 | 据不完全统计，到目前为止，已发表的与林县科研工作相关的科学论文共 200 余篇，这些论文先后在 JNCI、Gastroenterology、中华肿瘤杂志等国内外著名杂志发表，引起世界科学界的高度重视。林县的食管癌相关研究在世界上颇有影响，其突出工作曾被《World Gastroenterology News》专题报道。 | | |

# 后　记

2001年5月我奉调到肿瘤医院工作，第一次出差就是去河南林县。林县，在我们这代人心里有很深的英雄情结，因为林县人民在缺吃少穿的年代，自力更生、艰苦奋斗修建了人间天河——红旗渠。作为中国医学科学院肿瘤医院的院长，除此之外，我还有更多的关于林县的情结，因为那里有我们的肿瘤事业。当年，因为林县食管癌高发，党中央、国务院做出了派中央医疗队长驻林县，帮助林县人民解决食管癌的指示。肿瘤医院在李冰书记和吴桓兴院长的带领下走进了防治食管癌的最前列。如今，风风雨雨四十多年过去了，我们克服了那么多的困难，取得了那么多令世人瞩目的成就。作为承上启下的人，我们有责任认真总结过去的经验，开创肿瘤防治事业更美好的未来。

我曾多次说过，中国的医生是世界上最好的白衣兵团。他们拿着世界上差不多最少的薪水，却担负着为世界五分之一的人口谋健康的重任。来到林县我更加强烈地感受到了这一点。在过去的四十几年间，我们肿瘤医院的医务、科研、行政人员扎根在边远落后的林县山区，无论是名医、院士还是普通员工，在那样艰苦的条件下，都兢兢业业的工作，没有人埋怨，更没有人当逃兵。现在，我们的医生走在林县乡村的土路上，仍会有光屁股的孩子沿街调皮地喊他们的名字。他们把自己最美好的年华都献给了那里的病人，献给了当地的食管癌防治事业，真正把中国农民的疾苦当作自己的事情，甘于奉献，勇于牺牲。“任务因为艰巨而光荣，行动因为坚持而难能”，扎根农村，献身肿瘤防治事业，我们肿瘤医院的员工用自己的青春和汗水在整个医疗界创造了一个光辉的典范。我们没有理由不为他们颂扬！

在我的印象里，过去的医学界是没有“现场”这一概念的，医学研究都是在实验室进行。林县食管癌高发现场的建立，是一项具有开拓精神的创举，它是肿瘤院所几代知识分子走出书斋，积极探索、勇于实践、默默耕耘的明证。它的意义不仅在于使高发现场的发病率和死亡率极大的降低，重要的是走出了一条具有中国特色的“克癌”之路。在这条道路上，他们用外国人难以置信的低投入，取得了令外国同行也为之惊叹的科研成果。这些成果让世界认识了中国，也让国际同行认识了中国的科学家。“要了解食管癌，请到中国的研究现场去！”——最美的赞扬来自同一起跑线上的人，我们怎么能不为他们骄傲！

回顾几十年林县现场的工作，再考察现在林县的医疗卫生体系，我认为，林县食管癌防治工作的成果不仅是使当地食管癌的发病率和死亡率极大的降低，更为重要的是探索出了一条解决农村医疗困难的路子，那就是培养当地医务人员，为当地留下一支永远不走的医疗队。在中国，农村缺医少药仍是非常严重的。医学生毕业以后往往愿意留在大城市，留在好医院，这种选择有利于自己的发展，本也无可厚非。但是成千上万生活在偏僻农村的农民怎么办？他们也吃五谷杂粮，一样会生病，一样需要医生。中国农村的赤脚医生曾经向世界表明他们为解决农村缺医少药的问题创出了新路，农民有病可以不出村就解决。但是赤脚医生并没有得到足够的扶持，他们缺乏正规的培训，医疗上时常发生差错，所以渐渐受到社会的冷落，市场经济的冲击又使许多赤脚医生失去原来的面目。我们医院派出的医疗队在上世纪六十年代就非常有远见地担负起了培训当地医务人员的重任，几十年的辛勤劳动，现在已经结出了累累硕果：林县姚村卫生院作为一家乡镇医院，食管癌手术一年居然接近1000例，位居全国前列，在中国乃至世界医学史上都可以说是个奇迹。如果中国的大医院都扶持出几个像姚村这样的卫生院，中国的医疗卫生事业将是怎样一番欣欣向荣的景象啊！

现在，全党正在开展以实践“三个代表”重要思想，保持共产党员先进性的教育活动，回首这些年林县现场的工作，在那些成绩的背后，有一个重要的理念做支撑，那就是代表广大人民群众的根本利益。林县食管癌高发，日理万机的国家总理没有无动于衷，做出一系列指示解决食管癌的问题；我们的老书记、老院长在那么困难的条件下，没有懈怠、没有停滞不前，而是运筹帷幄，积极努力，为林县人民的食管癌防治事业做出了巨大贡献；新时期，院所各届领导班子仍然十分重视林县食管癌防治基地的工作，积极寻求国际合作，使食管癌防治工作不断取得了新的进展。“回首过去，我们豪情满怀；展望未来，我们任重道远”——“全心全意为病人服务”，这是我们过去做好一切工作的指南，今天它仍然是我们矢志不渝坚持的方向。

中国的医疗卫生工作正艰难地向前发展，正像林县发生的变化一样，已经取得了令人瞩目的成绩，但是我们必须更加努力。在进入小康社会之后，13 亿人口的医疗问题更加突出，更加紧迫，更加充满挑战。我相信，在林县精神的指引下，沿着前辈开辟的道路，肿瘤院所的全体员工会继续奋发图强，以更加饱满的热情，更旺盛的斗志奋勇前进。未来属于不懈追求的人们，我们会不断战胜困难，我们的事业一定会成功。

中国医学科学院肿瘤医院肿瘤研究所院所长

赵平

2005 年 10 月 26 日

# 编 后 语

为大力弘扬医疗队精神，创建医院文化，院所党委组织编写了这本书。在编写的过程中，得到了院所内外许多领导和同志的支持和赞赏。没有他们的帮助和支持，本书不可能编写完成。

院所党委书记董碧莎同志为本书的形成倾注了大量的心血，从书名的产生到各章节的编排，从书的立意到每个小故事的采写，从文字的校正到图片的选取，每一细微之处都仔细地审阅、修改，力求准确和完美。院所长赵平同志多次参加书稿的编写酝酿，对初稿进行了审阅，并为本书撰写了后记。原河南省林县县委书记杨贵同志非常热情地接受了我们的采访，提供了许多很有价值的史料，并在书稿完成后题写了序言。老医疗队队员王建璋院长在听说要编写此书后，非常高兴。他不顾多病的身体，毫不厌烦地接受我们的采访，并为本书书写了大量回忆资料，最后对本书进行了认真的校对。还有老医疗队员谷铣之教授、陆士新院士、张大为教授、罗贤懋教授、王德昌教授单独接受了我们的采访，作为历史的亲历者，他们为我们提供了大量有用的资料。他们在接受采访的过程中所表现出的责任感和使命感，让我们肃然起敬。

为客观翔实地再现当时医疗队队员的精神风貌，院所党委曾在医院网站上公开征集有关林县的回忆文字和图片，在消息发布之后，很多同志寄来或亲自送来了回忆文章和珍藏多年的老照片。他们是黄国俊教授、孙燕院士、哈献文教授、张大为教授、张克利教授、顾大中教授、章静波教授，还有曹世国、初爱娟、孟平均、吴雪溪、张力军、赵志和、邹小农、王红等同志，他们的支持为本书的完成奠定了基础。为保证食管癌防治小分队队员名单的准确，我们向一些老医疗队员发去了咨询函，他们都给予了热情的回应和指正。为收集资料，许多同志在百忙之中参加我们座谈会，在此向他们一并致以深深的谢意。

本书能够顺利完成，张平同志起了重要作用，她从资料的收集整理到文稿的撰写完成，投入了大量的精力，在不到两个月的时间里“消化”了得到的全部资料，写出了初稿。魏文强同志为收集资料多次专程到林州与当地卫生局和有关人员联系，并整理和撰写出“林县工作大事记”和“林县现场科研贡献一览表”两部分内容。在初稿完成后，已从我院退休的李保荣老师认真地对书稿进行了校正。何铁强同志参加了本书稿的策划讨论，周妍同志参加了资料的整理工作，沈惠芝、魏跃兰、贾波、王乐等同志参加了资料的收集工作，吕春梅同志为本书的印刷出版做了大量工作，在此向他们一并表示诚挚的感谢。

在编写的过程中，还得到了河南省林州市委、林州市卫生局的领导和同志的大力支持，帮助我们召集座谈会，提供了档案资料。在此向他们表示衷心的感谢。

我们依照收集到的资料，力求再现医疗队的精神风貌，使读者能从中体会或感受老一辈创业者的精神，并力求本书具有可读性，每篇可以单独成章。虽然我们作了最大努力，但由于时间短，水平有限，本书还有许多不足，敬请大家批评指正。

编　者

2005 年 11 月

# 出版说明

2005年，为弘扬院所医疗队精神，创建医院文化，同时配合开展保持共产党员先进性教育活动，院所组织编印了《抗癌铁流》一书。卫生部党组书记高强同志，原河南林县老书记杨贵同志为本书作了序言，高部长还题写了书名，给予了我们很大的鼓励和支持。当时本书只作为我院所内部资料进行了分发和赠送。时值今日已有两年，期间不断有信息反馈回来，读者普遍认为这本书真实地反映了老一辈医务工作者全心全意为病人服务，不计得失忘我奉献，脚踏实地执着追求的精神，是广大医务工作者、医学科学家精神风貌的代表，是社会主义核心价值观的体现，非常值得弘扬。同时，书中描述的多学科联合对大人群进行防癌治病研究的方法，对于我们建设中国特色社会主义，走符合我们国情的防癌抗癌之路有许多可以借鉴和进一步总结的经验。为此，编委会对本书重新进行了校订，修改和增加了部分内容。在我院建院五十周年之际正式出版此书，作为向院所五十周年庆典的献礼，同时也真诚地把她奉献给社会的同行。

本书不妥之处，敬请指正。

编　者

2007年12月